Hilde und Elisa

Geschichte einer besonderen Freundschaft

Erzählung von Ute Bayrak

Bibliografische Information der Deutschen Nationalbibliothek:
Die Deutsche Nationalbibliothek verzeichnet diese Publikation
in der Deutschen Nationalbibliografie; detaillierte bibliografische
Daten sind im Internet über dnb.dnb.de abrufbar.

© 2021 Ute Bayrak

Umschlagsgestaltung und Illustration
Ute Bayrak

Herstellung und Verlag: BoD – Books on Demand, Norderstedt

ISBN: 978 3 7534 9998 7

Jahrzehnte begleitete ich Menschen in schweren Zeiten ihres Lebens. Erfahrungen die mich sehr prägten. Das Licht in der Dunkelheit zu finden ist ein Moment größten Glücks und befreit aus Angst und Enge.

Die Idee für dieses kleine Buch schlummerte schon lange in mir. Jetzt ist es da.

Ich wünsche dem Leser viel Freude beim Lesen.

Ute Bayrak

Folgende Lyrikbände der Autorin sind erschienen:

„Ich reiche dir meine Hand" und „Gedankensamen" erschienen im Verlag Edition L, sowie „Und früher tagt der Morgen" Edition Timeless.

Kapitel I

Langsam wird der schwere Eichensarg in die Erde gelassen.

Hilde steht wie verloren am Grab ihres geliebten Mannes. 48 Jahre verbrachte sie mit ihm, 48 glückliche Jahre. Der Schmerz des Verlustes legt sich wie ein kalter Mantel um sie. „Es ist ein böser Traum, er kann mich doch nicht alleine zurücklassen", flüstert sie vor sich hin.

Die große Trauergemeinde löst sich auf, Worte des Trostes fliegen wie Herbstblätter an ihr vorbei, ungehört, ungewollt.

Alleine, ich bin alleine. Nichts anderes hat mehr Platz in ihr. Langsam und müde folgt sie ihrem Chauffeur zum Wagen.

In all den gemeinsamen Jahren war sie die Frau die sich ihr Mann wünschte. In der Zeit des Aufbaus der Textilfirma und auch später half sie im Büro, war die perfekte Gastgeberin, die gepflegte Frau an der Seite des erfolgreichen Fabrikanten.

Als gelernte Buchhalterin half sie, trotz ihres fortgeschritten Alters, immer noch bei der Organisation von Büroarbeiten. Auch ihr Mann ging, bis zu seinem Tod, jeden Tag in die Fabrik, um nach dem Rechten zu sehen . „Rente ist was für alte Männer und ich fühle mich noch lange nicht so". Wie oft sagte er das und nahm dann Hilde lachend in den Arm. Er war groß und kräftig und wenn er seine Arme um sie legte, fühlte sie sich wie in einem sicheren Hafen.

Ging es ihr einmal schlecht, versuchte sie es sich nicht anmerken zu lassen. Sie wollte nichts Unangenehmes in das Leben ihres

Mannes bringen. Der gewohnte Ablauf sollte wegen ihr nicht gestört werden.

Hilde war es gewöhnt perfekt zu sein und zu funktionieren. Sie lief in die Richtung ihres Mannes und vergaß die eigene. Sie war angepasst und verlor dabei ihre Konturen. Nun, da ihr Mann tot ist, fällt sie zusammen, konturenlos, wie ein Nichts. Das Wissen, etwas anderes sein zu können, etwas Eigenes ist verschüttet. Sein Glück, seine Zufriedenheit lag ihr zeitlebens am Herzen. Er war immer gut zu ihr und trug sie auf Händen. Er überhäufte sie mit Geschenken und Hilde fühlte sich bei ihm sicher und beschützt.

Doch nun, nach seinem Tod, lastet nur noch entsetzliche Leere auf ihr. Eine Leere die alle Kraft zum Leben in sich aufnimmt. Das große Haus, der Prunk, der Reichtum, alles ist hohl, ohne Gesicht, ohne Sinn. Durch seinen Tod scheint ihr Lebenslicht auch zu verlöschen. Durch ihn lebte sie, ohne ihn erscheint das Leben sinnlos und leer.

In den folgenden Wochen wird sie immer müder und apathischer, ohne Appetit, ohne Kraft, ohne Schlaf, ohne Hoffnung. Hilde, die gepflegte Frau, kümmert sich nicht mehr um ihr Äußeres. Die grauen Haare, früher fein nach oben gesteckt, fallen ihr strähnig ins Gesicht. Im Nachthemd liegt sie entweder im Salon auf dem Sofa oder im gemeinsamen Schlafzimmer auf seiner Seite im Bett, starrt gegen die Decke aus tränenleeren Augen.

Freunde hat sie keine. Wann auch immer sie Kontakte pflegen wollte, sagte ihr Mann stets, dass sie sich selber genügten, er und sie, und sie niemanden bräuchten für ihr Glück. Nun ist sie alleine. Kinder hat sie keine, immer ging das Wohl der Firma vor. Der Chauffeur, der Einzige der Zutritt zum Haus hat, versucht rührend, Hilde zum Essen zu bewegen, sie zu trösten und aufzumuntern, doch sie nimmt ihn kaum wahr.

Eingeschlossen vom Schmerz, ausgeschlossen vom Leben. Kein Ziel, kein Weg. Sie hat nichts womit sie die Leere füllen könnte. Wie ein dunkles Zimmer, so dunkel, dass die Luft zum Atmen fehlt. Ein schwarzes Loch, tief und endlos, welches ihre Rufe in der Tiefe ersticken lässt.

Kapitel II

Elisa hat den alten knarrenden Schaukelstuhl so zurechtgerückt, dass sie durch das Fenster die mächtigen Äste des alten Eichenbaumes sehen kann. Er steht im Park, gleich neben dem Altersheim in dem sie lebt.

Die Sonne geht unter, es beginnt Elisas „blaue Stunde". Es ist die Zeit zwischen Licht und Dunkelheit, die Zeit, in der die Abendsonne hinter dem Horizont ihre letzten Strahlen zur Erde schickt. Eine ganz besondere Stimmung breitet sich aus. Alles kommt zur Ruhe, legt sich nieder, wird schweigsam. Es ist, als wenn der liebe Gott die Vorhänge zuzieht, so hat sie als Kind oft gedacht. Sie kennt viele Menschen, denen der Wechsel zur Dunkelheit Angst bereitet. Sie schalten schnell alle Lampen an in der Hoffnung, den Tag halten zu können.

Elisa sitzt still am Fenster und schaut zu ihrem Baum. Das Gelb und Rot des Herbstlaubes erscheint ihr wie Gold in der untergehenden Sonne. Der Sturm des Tages hat nachgelassen. Und nun, wie zum Abschied, blinkt das Licht der Sonne noch einmal trostvoll auf.

Seit einem halben Jahr lebt sie nun in diesem Heim. Lange hat sie sich gewehrt, hierher zu kommen.

Nach einer schweren Krankheit wurde ihr ein Unterschenkel entfernt. Ein harter Schlag für Elisa, wo sie doch von ihren Freunden und Bekannten immer Wandervogel genannt wurde. Trotz ihres Alters unternahm sie weite Spaziergänge, fuhr mit der Bahn raus aus der Stadt, raus aus der Enge, raus aus dem Grau.

Ihren Mann hatte sie schon früh verloren und ihre einzige Tochter starb mit 28 Jahren bei einem Autounfall. Zeiten, in denen sie spürte, das Leben nicht mehr tragen zu können. Zu schwer war es, alles Geliebte loszulassen.

Nach dem Tod ihrer Tochter war es ihr, als wäre sie in einen reißenden Fluss gefallen, ein Fluss voller Strudel die in die Tiefe zerrten, die Luft zum Atmen nahmen. Sie ertrank im Schmerz, uferlos ohne Halt.

Als sie wieder Fuß fassen konnte und erschöpft am Ufer lag, rappelte sie sich auf und begann, ihr Leben wieder neu zusammenzufügen.

Und jetzt ein erneuter Schicksalsschlag, eine Erkrankung die ihr eigenes Leben bedroht.

Nicht länger konnte sie in der kleinen Wohnung in der 4. Etage eines einfachen Mietshauses leben. Mit ihrer Beinprothese war es ihr kaum möglich, die vielen Treppenstufen zu gehen. So blieb ihr nichts anderes übrig, als nachzugeben und dieses kleine Zimmer im Alten und Pflegeheim Maria-Hilf zu beziehen.

Ein Heim mit dunklen Gängen und Fluren, in denen die Gerüche der Nacht hängen. Zu den Essenszeiten geht Elisa stets in den Speisesaal, ein großer, liebloser Raum ohne Pflanzen und Blumen. Ihren Mitbewohnern lächelt sie freundlich zu, bleibt aber für sich und beteiligt sich nicht an den Unterhaltungen, die oft genug in Eifersucht und Feindseligkeiten umschlagen. Einige Bewohner sind darunter die in ihrer Krankheit Vergessen gefunden haben, sie sind schon in anderen Welten, ohne Interesse und teilnahmslos.

Doch zwei Menschen hat Elisa besonders in ihr Herz geschlossen. Horst ist ein großer, stämmiger Mann, der Jahrzehnte seines Lebens als Feuerwehrmann gearbeitet hat und alles versucht, dem Heim zu entfliehen. Manchmal weiß er nicht mehr so genau, wo er ist, aber immer möchte er nur weg. Oft geht Elisa mit ihm Hand in Hand im Garten spazieren. Vor ein paar Tagen blieb er stehen, schaute sie ruhig an und sagte „Weißt du, Elisa, wenn ich hier mal raus bin, schreibe ich ein Buch über die Freiheit". Was für ein besonderer Mensch, denkt sie, was quält ihn die Enge des Heimes, und streichelt liebevoll über seine Hand.

Der andere Mensch, der ihr nahesteht, ist Hildegard. Sie ist seit einigen Jahren erblindet und sitzt viel alleine in ihrem Zimmer. Gerne geht Elisa nachmittags auf einen Plausch zu ihr. Hildegard erzählt über frühere Zeiten und sagt, dass jetzt alles so grau und eintönig sei, sie denke viel über alles in ihrem Leben nach, doch nun sei sie leer gedacht, nichts Neues käme mehr hinzu worüber sie nachdenken könne.

Die Atmosphäre des Heimes lastet auf Elisa. Jahresringe werden hier nicht mehr gezählt, die Zeit verschwindet zwischen Aufstehen, Mittagessen und Abendbrot. Eine Wartehalle, in der Lebenswege enden. Bei vielen ihrer Mitbewohner scheint die Türe zur Außenwelt zugeschlagen, die Türe nach Innen noch nicht aufgetan.

Elisa fühlt sich mit ihnen verbunden. Oft pflückt sie auf der Wiese vor dem Heim Gänseblümchen und stellt sie in kleinen Medikamentenbechern auf die Esstische oder wie jetzt im Herbst, bastelt sie aus den Eicheln ihres Lieblingsbaumes winzige Figuren und verschenkt sie an die Anderen. Das Leuchten in ihren Augen wärmt ihr das Herz.

Kerzen sind im Heim nicht erlaubt. So knipst Elisa eine orange leuchtende Lampe aus Kristall an, die das kleine Zimmer in ein warmes Licht taucht.

Die Nacht hat die Farben des Tages zum Schlaf gebracht. Sie schaut hinaus und sieht nur noch die dunklen Umrisse des Eichenbaumes. Wie ein großer Beschützer steht er vor der hohen Mauer, die das Heim umgibt. Einige Sterne sind am Nachthimmel zu sehen. Der Dank der Nacht sind die Sterne, denkt Elisa, alles wird weit und frei. Oft versteht sie selber nicht, dass sie sich in den letzten Jahren immer glücklicher fühlt, von irgendwo in ihr breitet sich dieses Empfinden aus und macht sie warm und weich.

Kapitel III

Sie schiebt den Teller mit Essen zur Seite. Wieder einmal hat Hilde nichts davon angerührt. Dunkle Augenringe zeugen von schlaflosen Nächten. Lebensmüdigkeit ergreift jede Zelle ihres Körpers, ihres Geistes. Die Sonne ist längst untergegangen hinter der Mauer ihrer Grenze.

Bei jedem Erwachen aus den wenigen Stunden traumlosen Schlafes findet sie sich verzweifelt im Leben wieder. Im Auge des Orkans, nicht tot und auch nicht lebendig.

In der Dunkelheit ist es gut, ein Zuhause zu haben. Hilde hat ihres verloren, ihr Zuhause war ihr Mann. Die Eindrücke des Leids schnüren sie zu, finden keinen Ausdruck, ein Gefängnis das erdrückt. Das „Ein und Aus" des Lebens ist unterbrochen.

Hilde bekommt, wie immer öfter in den letzten Tagen, schwer Luft. Innerlich so mit Leere gefüllt, dass sogar der Atem keinen Platz mehr findet. Die Schwere ist kaum noch zu ertragen. Ihr Körper zieht sich zusammen, fängt an sich zu schütteln, zu zittern.

Bauchkrämpfe würgen Tränen aus ihr heraus. Die Taubheit, die Gefühlsleere der vergangenen Monate macht Raum für den Schmerz der Trauer, dem Hilde nun zum ersten Mal gestattet da zu sein. Sie spürt in sich eine einzige Wunde. Die plötzliche Lebendigkeit des Verlustes kommt mit ihren Tränen an die Oberfläche. Sie ist an dem Punkt angelangt, an dem sie entweder zerbricht oder wieder aufsteht, das spürt sie. Das Fehlen jeglichen Sinns auszuhalten und trotzdem weiter zu leben.

Hilde sitzt völlig erschöpft am Küchentisch. Ihren Kopf hat sie zwischen ihre Arme gelegt und schläft ermattet ein. Als sie wieder erwacht schaut sie zur Küchenuhr, es ist halb fünf. So lange hatten die Uhren ihre Zeiger verloren. Es ist halb fünf. Durch das gekippte Fenster dringen Geräusche der Stadt zu ihr herein.

Hilde nimmt alle Kraft zusammen, erhebt sich wankend, geht zittrig in die große Eingangshalle und zieht ihren Mantel an. Unsicher tastet sie sich zur Haustüre und geht hinaus.

Kapitel IV

Der Berufsverkehr hat eingesetzt, stinkend und hupend rollen die Autokolonnen an ihr vorbei. Benommen läuft Hilde durch die Menschenmassen, die hastend ihre letzten Einkäufe erledigen.

Ihr Kopf ist völlig leer, aber trotzdem spürt sie eine Unruhe, ein Getriebensein in sich. Ziellos geht sie durch die Straßen.

Es ist das erste Mal seit dem Tod ihres Mannes, dass sie das Haus verlässt. Sie kann die Einsamkeit nicht mehr ertragen. Doch hier draußen fühlt sie sich umso mehr isoliert, wie in einem Vakuum. Die Welt lebt ohne sie, und sie lebt ohne die Welt.

Wo bin ich, denkt Hilde, wo bin ich hier. Sie kommt weder mit dem Außen noch dem Innen zurecht. Verloren steht sie in der Stadt und weiß nicht wohin, wie ein Spiegelbild ihrer eigenen inneren Orientierungslosigkeit.

Tränen laufen über ihr Gesicht und durchfeuchten den Kragen und zum ersten Mal in ihrem Leben trifft sie eine Entscheidung. Sie will leben! Wie weiß Hilde noch nicht, sie sieht keinen Weg und auch kein Ziel, doch sie will leben.

Mit den Ärmeln des Mantels wischt sie die Tränen fort. Die ganze Zeit schien es neblig zu sein, die Feuchtigkeit der ungeweinten Tränen hatten ihre Sicht verschleiert.

Langsam geht Hilde weiter. Sie ist jetzt alleinstehend. Wie ist es nur möglich, alleine zu stehen. Für sich einzustehen? Ihr ist ganz schwindelig von all den Gedanken.

Schon lange hatte sie ihren Eigensinn verloren. Seit ihrer frühen Kindheit wurde es ihr untersagt, eigensinnig zu sein. So war stets die Botschaft der Eltern, speziell ihrer Mutter, sei nicht, verliere dich oder du verlierst mich. Sie hatte sich in ihrem Leben verloren und nun auch ihren Mann, an dem sie hing, von dem sie abhängig war.

Hilde nähert sich einem Park mit großen alten Bäumen und Amselgesang. Der Lärm der Stadt wird vom Grün der Natur gefiltert, die Geräusche sind nur noch als Rauschen vernehmbar.

Müde setzt sich Hilde auf eine Bank am Rande einer großen Wiese, an deren Ende ein prächtige große Eiche steht. Von Weitem beobachtet Hilde eine Frau, die sich immer wieder bückt und mit einer Hand zum Boden zu greifen scheint. Der bunte Rock mit weißer Bluse ist wie ein Farbklecks inmitten des herbstlichen Parks.

Elisa füttert, wie jeden Nachmittag, zwei Eichhörnchen die sich in der Nähe ihres geliebten Baumes aufhalten. Es ist als könnten sie Elisas Schritte erkennen, wenn sie mit ihrer Krücke den Weg entlang kommt.

Kurz nachdem Elisa im Altenheim ihre neue Heimat gefunden hatte, bemerkte sie eine alte, mit Efeu überwachsene Holztüre in der hohen Mauer, die das Heim umgibt. Mit einiger Mühe grub sie mit bloßen Händen Grasnaben aus, riss die Ranken des Efeus ab und konnte seitdem den Durchgang zum Park benutzen.

Hinter der Mauer führt ein schmaler Weg entlang bis zu ihrer Eiche. Hier kamen ihr immer öfter die kleinen Eichhörnchen im Zickzacklauf entgegen, wurden von Tag zu Tag zutraulicher, bis sie sich - wie heute - ganz nahe an Elisas Hand trauen und mit ihren schmalen Pfötchen die Haselnüsse herausnehmen.

Kapitel V

Die Luft wird merklich kühler. Der Herbst ist teilweise schon in den Baumkronen eingezogen. Amseln hüpfen auf und ab auf Beutefang.

Hilde sitzt noch immer auf der Bank, schaut weiter zu der Frau hinüber, und es scheint ihr, als wenn diese den Kopf gegen den Stamm eines Baumes legt. Die Entfernung ist jedoch zu groß, um genauer zu erkennen was geschieht. Seit langer Zeit wird Hildes Aufmerksamkeit wieder auf etwas im Außen gezogen. Der Anblick der Frau im bunten Rock ist wie ein Magnet für ihre Blicke.

Abgelenkt von dem lautstarken Gezeter zweier Elstern, Die sich an einem übervollen Papierkorb zu schaffen machen, geht ihr Blick wieder in Richtung Eiche und Waldrand, doch so sehr sie sich auch anstrengt, die Frauengestalt ist nicht mehr zu sehen. Sofort ist die Einsamkeit wieder da und klopft mit kalten Händen an ihre Schulter. Das kurze Gefühl der Ruhe wird aufgesogen von der bekannten Leere.

Hilde erhebt sich starr und fröstelnd von der Bank. Auf dem Nachhauseweg versucht sie sich Straßennamen und Gegend einzuprägen, damit sie den Park wiederfindet.

Als Hilde am nächsten Tag erwacht, hat der Tag für sie plötzlich und unerwartet einen Sinn, ein Ziel bekommen. Im Gegensatz zu den anderen Tagen, an denen sie oft morgens noch stundenlang im Bett liegen blieb, vor sich hin starrend, ist heute eine Lebendigkeit in ihr eingezogen, fast wie eine neugierige Erwartung. In ihren Gedanken geht sie zum gestrigen Tag zurück.

So viel war geschehen und dann dieser Park mit der Bank. Doch es ist nicht nur der Park, es ist die Frau im bunten Rock, die einen starken Eindruck bei ihr hinterlassen hat. Aus irgendeinem Grund fühlt Hilde sich zu ihr hingezogen.

Sie kann den Nachmittag kaum erwarten und lässt sich von ihrem Chauffeur zum Park bringen, in der Hoffnung die Frau wieder zu sehen. Kaum kommt sie zu der großen Wiese, geht ihr Blick suchend in die Weite. Tatsächlich bemerkt sie etwas Buntes im Grün des Waldes, doch schon wie am gestrigen Tag kann sie nichts Genaues erkennen.

Hilde geht langsam den Weg entlang der zum Waldrand führt. Je mehr sie sich der Frau nähert, umso mehr beginnt ihr Herz zu klopfen.

Elisa ist wie jeden Nachmittag damit beschäftigt ihre Freunde die Eichhörnchen zu füttern. Das Bücken fällt ihr sichtlich schwer. Auf die Krücke abgestützt, hält sie ihnen die Nüsse hin. Hilde mag nicht näher herankommen, sie bleibt am Weg stehen und schaut Elisa versunken zu. Ein leichter Lavendelduft liegt in der Luft. Hilde spürt ganz zart ein vergessenes Gefühl von Ruhe und Geborgenheit in sich.

Leise stöhnend erhebt sich Elisa und spricht dabei mit weicher Stimme zu den Tieren. Erst jetzt bemerkt sie Hilde. Elisa lächelt ihr zu. Kaum merklich nickt Hilde mit dem Kopf schaut dann fort und geht eilig den Weg zurück.

Jeden Tag treffen sich nun die beiden Frauen im Park. Hilde bleibt stets am Wegrand stehen und beobachtet Elisa beim Füttern der Eichhörnchen. Doch ihre Scheu hält sie zurück auf das liebevolle Lächeln Elisas mit mehr als einem Kopfnicken zu antworten. In diesem Lächeln ist etwas verständnisvolles, als ob diese Frau mit dem bunten Rock in ihr Herz schauen könnte. Ein Lächeln wie Balsam auf ihre Wunden. Als Einzelkind war es Hildes größter Wunsch, eine Schwester zu haben mit der sie alles teilen konnte. Mit ihr lachen, mit ihr weinen, im verschlossenem Zimmer Geheimnisse austauschen, sich auch ohne Worte verstehen.

An einem wolkenverhangenen Nachmittag, der Herbstwind wirbelt im Park trockene Blätter auf, geht Elisa einige Schritte auf Hilde zu und hält ihr vier Nüsse in der offenen Hand entgegen mit der Frage, ob sie auch die Eichhörnchen füttern möchte. Fast erschrocken blickt Hilde die Frau an, räuspert sich verlegen und sagt „ Ich weiß nicht, ob ich das kann". Elisa streckt ihre Hand mit den Nüssen noch näher zu Hilde hin und nickt aufmunternd. „Nun nehmen sie schon". Ihre Augen funkeln und verschmitzt lächelnd sieht sie Hilde an. Zögernd nimmt diese die Nüsse, dabei bemüht Elisas Hand nicht zu berühren. „So etwas habe ich noch nie gemacht". „Kommen sie", ehe sie sich versieht hat Elisa ihre Hand gegriffen und führt sie zur alten Eiche. Elisa spürt Hildes Hand kalt und zerbrechlich in der ihren. Eine Hand die sich nicht traut, der der Mut zur Handlung fehlt, geht ihr dabei durch den Kopf.

„Sie müssen sie rufen, sie sitzen oben im Baum". Elisa steht dicht neben ihr, ein feiner Duft von Lavendel umgibt sie. Hilde hält unbeholfen die Nüsse in der Hand und streckt sie nach oben, doch kein Laut kommt über ihre Lippen. „Sie müssen sie rufen, kommt, kommt, kommt". Elisas Stimme klingt stark und dennoch warm und weich.

Äste knacken, Blätter rascheln, hurtig kommen die Eichkätzchen vom Baum und setzen sich erwartungsvoll vor Hilde. Sie kniet nieder und die Tiere greifen mit ihren Pfötchen die Nüsse aus ihrer Hand und fangen an sie zu verspeisen. Hilde hockt vor ihnen und beobachtet sie fasziniert. Leise spricht sie zu ihnen. Zutraulich bleiben die Tierchen in ihrer Nähe, bevor sie dann wieder zurück auf den Baum hüpfen.

Hilde steht auf, schaut Elisa verlegen an und sagt, „Ich muss jetzt gehen". Sie zögert bevor sie noch ein leises „ Danke" hinzufügt. Schnell dreht sie sich um und geht zurück zum Weg. Elisa schaut ihr nach. Sie hat das Gefühl, dass diese Frau, obwohl sie nichts von ihr weiß, nicht einmal ihren Namen, ihren Himmel verloren hat und nun ein Stück von ihm wiederfand.

Kapitel VI

Der Chauffeur öffnet Hilde zuvorkommend die Türe zu der eleganten, schwarzen Limousine. Hilde fühlt sich verwirrt. Was ist geschehen? Eine Frau, die sie nicht kennt, in einem Park, der ihr fremd ist, ließen sie in den letzten Tagen für kurze Zeit all ihren Kummer vergessen. Es ist ihr, als spüre sie noch ein zartes Kribbeln in ihrer Hand, aus der die Eichhörnchen vertrauensvoll die Nüsse nahmen.

Zurück in ihrer großen Villa findet Hilde keine Ruhe. Raum um Raum geht sie ab. Alles hat hier seine Ordnung. Sie bleibt vor einem antiken wertvollen Mahagonischrank stehen, rückt eine Vase zurecht, die nicht akkurat steht und geht weiter umher, schreitet die Räume ab ohne Sinn und Halt.

In ihrer Ordnung hat sie zeitlebens Sicherheit gefunden. Nichts durfte verrückt werden. Auch sie durfte nie verrückt sein, nicht in der Kindheit, wo sie als braves Kind der angepasste Sonnenschein der Eltern war, und nicht in ihrer langen Ehe, wo sie die Rolle der adretten, sauberen, stets perfekten Ehefrau übernahm.

Peinlich genau kontrollierte sie die Bediensteten, ob sich auch alles an seinem Platz befand. Es war ihre Aufgabe, das Heim repräsentabel zu gestalten. War ihr Mann glücklich, war auch sie glücklich. Ging es ihrem Mann schlecht, hatte sie Schuldgefühle, da sie sich für sein Glück verantwortlich fühlte. Sie lebte, ohne sich selbst zu bemerken.

Die Leblosigkeit und Kälte des Hauses empfand sie nicht. Sauberkeit und Ordnung waren die Attribute die zählten. Nichts durfte ihrer Kontrolle entgehen. So ist Hilde im Laufe der Jahre ein innerlich starrer Mensch geworden.

Hilde bückt sich, um die Fransen des chinesischen Seidenteppichs, den ihr Mann ihr zur Silberhochzeit geschenkt hatte, gerade zu ziehen. Dann nimmt sie ihren Gang durch die Räume wieder auf. Die inneren Regungen, die nicht sein dürfen, erwachen in ihr voller Unruhe zum Leben. Der Klang der nicht gelebten Zeit hallt angstvollen in ihrem Herzen wider.

Kapitel VII

Nachdenklich schließt Elisa die Türe zu ihrem Zimmer auf. Wenn sie im Park ist, hält sie oft Zwiesprache mit ihrem Eichenbaum. Dabei lehnt sie sanft ihre Stirn gegen seine raue Rinde. Warum weinen Bäume nicht, wenn sie ihr Laub verlieren, fragt Elisa ihn stumm. Ihr steht nackt im Herbstwind und erwartet den Winter. Was für Lehrer seid ihr für mich. Und es scheint als ob ihr Baum flüsternd antwortet: vertraue: was vergeht, wird auch wieder geboren, die Blätter sind abgefallen aber die Neuen warten in ihren Knospen schon wieder auf den Frühling. Alles kommt, alles geht, vertraue dich dem Rhythmus an.

Diese Frau aus dem Park, mit der sie heute zum ersten Mal gesprochen hat, glaubt, alles verloren zu haben, und ihre Verzweiflung berührt Elisa. Sie hat ein feines Gespür und oft kann sie die Sorgen und Ängste anderer Menschen wahrnehmen. So braucht sie immer wieder Zeiten des Rückzuges, um unterscheiden zu können zwischen den eigenen Gefühlen und denen der anderen. Elisa weiß, dass Vorstellungen starke Bilder sind, fest in einen Rahmen gesperrt. Wenn die Bilder zerbrechen die wir vom Leben haben, fühlen wir uns verloren, werden unsicher und schutzlos. All das hat Elisa auch in ihrem Leben erfahren.

Ein lauter, schriller Klingelton unterbricht ihre Überlegungen. Sie zuckt zusammen, wie jedes Mal, wenn Essenszeit ist. Hier wird nicht zum Essen gebeten, sondern unbarmherzig aufgefordert, sich im Speisesaal einzufinden.

Elisa nimmt ihr Abendbrot schweigend zu sich. Traurig beobachtet sie ihre Mitbewohner. Wie kann in dieser Atmosphäre Leben gelebt werden? In vielen ist der Funke am Verlöschen.

Teilnahmslos blicken leere Augen in die Ferne. Woran sollten sie auch teilnehmen, wenn schon morgens um acht der Fernseher läuft und sie im Rollstuhl dorthin geschoben werden.

Aber Elisa möchte nicht ungerecht sein, viele der Pflegerinnen und Pfleger sind sehr nett und liebevoll und darum bemüht, das Beste für die Bewohner zu geben, aber es ist zu viel Arbeit, zu wenig Zeit und es gibt zu wenig helfende Hände.

Elisa liebt Lavendel. Sie war nie in Frankreich um die blauen Felder zu sehen. Das bedauert sie sehr und es ist ihr geheimer Wunsch, einmal dort hin zu kommen. Ihre Großmutter benutzte ein feines Lavendelöl, welches sie in einem dunkelblauen Flakon aufbewahrte. Er stand immer rechts auf dem Waschtisch, und wenn Elisa bei ihr zu Besuch war, durfte sie etwas auf ihren kleinen Finger geben um es sich hinter die Ohren zu tupfen. Der Duft vom Lavendel erinnerte sie an den kuscheligen, warmen Körper der Großmutter, an ihren großen weichen Busen, an den sie sich anschmiegen konnte. Hier fühlte sie sich glücklich und geborgen.

Elisa hält den blauen Flakon mit Lavendelduft in ihrer Hand. Lange schon ist die Großmutter gestorben, doch die blaue Flasche hält sie in Ehren, füllt sie immer wieder mit Lavendelöl auf und tupft sich jeden Tag etwas hinter die Ohren.

„Wann kommst du Elisa?", „Ich warte auf dich, Elisa", „Kommst du auch wieder zu mir, Elisa?" Jeden Abend nach dem Essen besucht sie ihre Mitbewohner auf ihren Zimmern, in der linken Hand den Flakon mit Lavendel und in der rechten Hand ein Schälchen mit Pflanzenöl. Vorsichtig geht sie mit ihrer Krücke und gekonnt hält sie dabei die Flasche zwischen Daumen und Zeigefinger.

Elisa gibt etwas vom duftenden Lavendel aus dem Flakon in das Öl, nimmt liebevoll die Hände der Menschen und streichelt sie mit sanften, beruhigenden Bewegungen. Sie spürt, dass durch die Berührung etwas Frieden bei ihren Mitbewohnern einzieht. Die Wärme, die von Elisa ausgeht, gibt ihnen das Gefühl von Nähe und Geborgenheit.

Kapitel VIII

Hildes Körper bebt, es ist ihr als ob sie unter Strom stünde, bereit zur Entladung.

Sie hält es nicht länger aus in ihren Räumen. Sie geht hinaus und spürt durch ihre leichte Jacke den feuchten, kalten Abendwind, der ihr entgegenkommt. Hilde steht auf der Straße und fühlt sich fremd. Keine Heimat, weder innen noch außen. Sie könnte schreien in dieser Entfremdung, aber es wäre sinnlos.

Im kalten Licht der Straßenlaterne, deren Schein Wärme vorgaukelt, nimmt Hilde umso mehr ihre Trostlosigkeit wahr und wie abgrundtief die Einsamkeit in ihr wohnt.

Sie spürt ein zartes Kribbeln in ihrer Hand und sieht eine Frau mit buntem, groß geblümtem Rock vor ihrem inneren Auge. „Ich wohne in einem Altenheim gleich hinter dem Park" das rief sie ihr noch zu.

Abrupt bleibt Hilde stehen, dreht sich um, geht schnell und

immer schneller in Richtung ihres Hauses. Ihre feinen Schuhe hallen auf dem Asphalt. Wie verfolgt, ohne zu denken, hastet sie die Straße entlang. Ohne anzuklopfen steht sie im Flur des kleinen Appartements ihres Chauffeurs, das im unteren Bereich der Villa liegt. Ihr Atem geht stockend und sie muss sich kurz am Türstock festhalten. „Fahren sie mich bitte zum Altenheim gleich hinter dem Park, sie kennen sich ja gut in der Stadt aus". „Jetzt?" Ihr Chauffeur sieht sie erstaunt an. „Ja jetzt, es ist noch nicht so spät am Abend". Hilde fühlt sich wie eine Ertrinkende, die nur noch wenig Luft zum Leben hat. Sie muss zu dieser Frau ins Altenheim, als fühle sie die Quelle des Lebens, die von ihr ausgeht.

Als elegante, in sich gekehrte Frau wäre es ihr früher nie in den Sinn gekommen, derart aus der Rolle zu fallen. Stets hatte sie sich unter Kontrolle. In vergangenen Zeiten war es ihr schon unangenehm, nicht geschminkt und frisiert vor ihrem Personal zu erscheinen. Doch nun geht Hilde aus ihrer Spur und spurt nicht mehr.

Kapitel IX

Elisa legt ihre Beinprothese ab und massiert den Stumpf mit Lavendelöl. Schnell spürt sie die beruhigende Wirkung für die oft gerötete Haut. In den letzten Jahren braucht sie immer weniger Schlaf. Die Abende nutzt sie, um ihren Ideen freien Lauf zu lassen.

Sie setzt sich auf ihr knarrendes Eichenholzbett, das sie aus ihrer alten Wohnung mitgebracht hat. Sie liebt ihr Bett mit der eingelegenen Kuhle, in dem sie sich fühlt wie in Abrahams Schoß.

Sie beugt sich hinunter und zieht einen großen Karton unter dem Bett hervor, an dem sich Staubfäden verfangen haben. Unter den Betten wird nur selten geputzt. An den Tagen der offenen Türe allerdings blitzt alles. Dann zieht die Heimleitung ihre lächelnde verständnisvolle Maske an, damit Angehörige mit gutem Gewissen Adieu sagen können und mit dem Gedanken - hier bist du gut aufgehoben und ich komme dich bald besuchen - das Haus verlassen.

Elisa erinnert sich an eine Frau die im Sterben lag und jeden Tag nach ihren Kindern rief – wo seid ihr, wo seid ihr - immer und immer wieder. Elisa versuchte die Kinder ausfindig zu machen und zur Todesstunde dieser Frau standen alle neben ihrem Bett.

Elisa stellt den Karton neben sich, und beglückt sieht sie all die bunten Stoffe, die sie sich immer wieder im Ausverkauf geleistet hat. Schon als Kind hat sie gerne an der alten Nähmaschine der Mutter genäht, die sich über ihr Interesse freute.

Die verrücktesten Sachen kamen dabei heraus. Einmal ist sie mit einem knallroten Kleid mit lilafarbenen Paspeln und großen rosa Knöpfen durchs Dorf marschiert, dazu wippten ihre Zöpfe die mit gelben Schleifen gebunden waren. Alle haben sie ausgelacht, doch sie fand sich schön und es fühlte sich richtig an.

Noch immer trägt Elisa Dinge, die ihr gefallen und nicht die graue und farblose Alte-Leute-Mode, die nach Meinung Anderer altersentsprechend wäre.

Unter den Augen der Biedermänner hatte sie es nie leicht, doch es machte ihr nichts, und jetzt im Alter störte sie es erst recht nicht. Sie war nie ein Mensch der wegguckte. Und wenn es nötig war, konnte sie - wie sie es nannte - auch ihre Schnauze anziehen und zubeißen.

Elisa nimmt einen magentafarbenen dicken Wollstoff, auf dem große indische Muster gedruckt sind, und legt ihn vor sich hin. Sie braucht einen neuen Winterrock und beginnt mit der Schneiderkreide den Schnitt aufzumalen.

Kapitel X

Hatte es gerade geklopft? Elisa muss sich verhört haben, denn um diese Abendstunde ist Ruhe im Heim eingekehrt.

Nur eine Frau geht in ihrer Verwirrtheit die Gänge entlang. Sie klopft nie an sondern steht einfach im Zimmer und schaut sich suchend um: „Wo ist er denn, der dritte Tag, ich verstehe das nicht, wo ist er nur". Jeden Abend wieder. Sie trägt ständig ihre Handtasche bei sich, öffnet sie, sieht hinein und schließt sie wieder. „Irgendetwas stimmt nicht mit der Zeit, hier gehöre ich nicht hin, was geschieht mit mir." Ihr Gesicht ist ängstlich und verzweifelt. Diese Frau rührt Elisa sehr, tagsüber geht sie oft mit ihr den Gang entlang und sie singen Kinderlieder, über Nacht wird sie dann in ihr Zimmer gesperrt, und man hört sie verzweifelt klopfen und rufen, dann ist es ruhig und sie hat ihre Medikamente bekommen.

Es hatte doch geklopft. Elisa greift zu ihrer Krücke und öffnet die Türe. Blass, mit eingefallenen Wangen, hilflos wie ein Kind, steht Hilde vor Elisa. Die Eingangstüre des Heimes war noch geöffnet und Hilde konnte eine Heimbewohnerin, die gerade auf dem Weg zur Teeküche war fragen, in welchem Zimmer die Frau mit der Beinprothese wohnt.

Ohne zu sprechen nimmt Elisa Hildes Arm und zieht sie vorsichtig ins Zimmer. „Kommen sie, kommen sie". Elisa bietet ihr einen alten Küchenstuhl an und setzt sich zu ihr an den Tisch. Sie ist nicht verwundert darüber, dass die Frau aus dem Park zu ihr kommt. Am liebsten würde sie sie in die Arme schließen, doch sie spürt, dass Hilde Zeit braucht, um sich zu öffnen. Zu viele Masken haben seit jeher ihr Innerstes verdeckt.

Hilde knetet ihre Finger. Sie schaut Elisa nicht an, sondern hält den Blick starr auf ihre Hände gerichtet. Jetzt sitzt sie hier und fühlt nur noch Scham. Wie kann sie es wagen eine Frau, deren Namen sie noch nicht einmal kennt, zu später Stunde aufzusuchen, und das noch ohne Voranmeldung. Am liebsten wäre sie aufgestanden, mit einem – Entschuldigung ich wollte nicht stören – und hätte schnell das Zimmer wieder verlassen.

Indes macht sich Elisa am Schrank zu schaffen, nimmt Wasser aus dem Hahn des kleinen Waschbeckens und hält einen Tauchsieder in eine Kanne aus dickem Porzellan. „Ich mache uns erst einmal einen Tee, sie frieren und er wird sie wärmen". Sie spürt Hildes Unsicherheit. „Die Kräuter habe ich selber im Frühling und Sommer gesammelt. Sie wachsen alle hier auf dem Gelände des Heims, einige habe ich auch im Park gefunden". Elisa reicht Hilde eine dickbauchige Tasse dampfenden Tees, auf der Elisabeth steht. „So heiße ich, aber ich werde nur Elisa genannt".

In der Kindheit hatte sich Hilde gewünscht, wenn es ihr schlecht ging und sie mit Halsschmerzen im Bett lag, dass eine liebevolle Mutter ihr einen warmen Tee bringen und ihr über den Kopf streicheln würde mit den Worten: Alles wird gut, hab keine Angst, alles wird wieder gut.

Hilde nimmt die Tasse zwischen beide Hände und nippt am würzigen Tee. Kurz sieht sie Elisa an „Ich war eben draußen auf der Straße, ich weiß auch nicht, ich hatte Angst, alles war so leer". Hildes Stimme bebt „Die Straßenlaternen mit ihren Eisstrahlen - mein Mann ist tot, wissen sie". Hilde schluckt immer wieder die Tränen hinunter, versucht sich krampfhaft unter Kontrolle zu halten. Sie beginnt wieder ihre Finger zu kneten, so stark, dass Elisa leicht ihre Hände auf die ihren legt und mit leiser Stimme spricht „Schlucken sie nichts mehr hinunter, bestimmt haben sie so vieles in ihrem Leben geschluckt, lassen sie ihren Tränen freien Lauf".

Ein Aufschluchzen aus dem tiefsten Inneren erschüttert den kleinen Raum. Die Trauer um ihren Mann, der Schmerz der unendlichen Leere in ihr. Alle Spannungen entladen sich nun in einem heftigen Zittern, das sich unkontrolliert über den ganzen Körper ausbreitet.

Elisa rückt ihren Stuhl näher, nimmt Hilde bei den zuckenden Schultern, zieht sie zu sich und umschließt sie fest mit ihren Armen. Mit einer Hand streichelt sie ihr zärtlich über die feuchten Haare und raunt ihr zu „Alles wird gut, alles wird wieder gut".

Tränen laufen über Hildes Wangen, ihren Hals entlang, ein nicht enden wollender Fluss aus Vergangenem. Langsam wiegt Elisa Hilde in ihren Armen und hört nicht auf über Hildes Kopf zu streicheln. „Kommen sie, legen sie sich etwas auf mein Bett, sie sind ja völlig erschöpft". Willenlos lässt sich Hilde zum Bett gegleiten. Elisa deckt sie fürsorglich zu. Das letzte was Hilde von diesem Abend wahrnimmt ist ein Duft von Lavendel, der sie tröstend umgibt.

Kapitel XI

Elisa hat die Nacht in ihrem Schaukelstuhl verbracht. Mit ein paar Kissen versuchte sie es sich bequemer zu machen, doch es schmerzen sie alle Knochen.

Abgesehen von dieser ungemütlichen Nacht bemerkt Elisa immer öfter ein Ziehen und Bohren im gesamten Rückenbereich. Manchmal sind die Schmerzen so stark, dass sie zwei Tabletten nehmen muss, was sie normalerweise nie macht. In nächster Zeit wird sie den Arzt aufsuchen, der einmal wöchentlich ins Heim kommt und sich untersuchen lassen.

Der abgeschabte Teddy, der immer in Elisas Bett sitzt, schaut geradewegs mit seinen schwarzen Knopfaugen in Hildes Richtung.

Hilde muss erst einmal ihre Gedanken ordnen, es kommt ihr alles vor wie im Traum. Sie nimmt den Teddybären in ihre Hand, der aus Altersschwäche mit Armen und Beinen schlenkert, wobei ein Bein nur noch an einem brüchigen Faden hängt und die Strohfüllung stachelig herausquillt. „Sein Name ist Jacki, Teddy Jacki, ich habe ihn seitdem ich zwei Jahre alt bin und liebe ihn sehr". Hilde schlägt die Bettdecke zurück und setzt sich abrupt auf. Am Fenster sitzt Elisa in ihrem Schaukelstuhl und sieht sie freundlich an.

Mit einem kurzen, lauten Klopfen geht die Zimmertüre auf und die Leiterin des Heimes, die ihre Morgenrunde macht, kommt herein und bleibt wie angewurzelt in der Türe stehen. Entgeistert starrt sie Hilde an, die erschrocken aufgestanden ist und hastig über ihre Haare geht und ihren Rock glattzieht.

„Wer ist denn das?" Elisa humpelt ihr auf ihrer Krücke entgegen und stellt sich neben Hilde. „Es ging ihr gestern nicht gut, sie brauchte Hilfe, sie ist meine Schwester". Elisa spricht mit klarer, fester Stimme und schaut der Frau in der Türe unerschrocken in die Augen.

Seitdem Elisa hier wohnt, spürt die Heimleiterin sehr genau die starke Persönlichkeit hinter Elisas liebevoller Art. Täglich gibt es Diskussionen mit ihr, wenn sie versucht, mit ihren Ideen und Kritiken Stein um Stein die engen Mauern des Altenheims abzutragen. Elisa kann ein aufmüpfiger Mensch sein, dass wusste sie nur zu gut. Mit ihr kann sie nicht machen was sie will, sie tanzt nicht nach ihrer Pfeife.

Abschätzend sieht sie Hilde an, und zu Elisa sagt sie kurz angebunden und harsch „Also gut, dieses eine Mal, aber es kommt nicht noch einmal vor. Unseren Heimbewohnern ist es untersagt, Gäste bei sich nächtigen zu lassen". Sie schließt geräuschvoll die Türe und mit festem Schritt entfernt sie sich.

Elisa und Hilde stehen sich gegenüber und sehen sich an. Hilde nimmt Elisas Hand. „Ich danke dir für alles was du für mich getan hast, ich heiße Hilde und warte auf dich, hier ist meine Adresse". Sie drückt Elisa eine Karte in die Hand und im Hinausgehen flüstert sie „Wie gerne würde ich deine Schwester sein".

Kapitel XII

Elisa spürt, dass etwas in ihr vorgeht. Oft hat sie, im Laufe ihres Lebens, ihre starke Beeindruckbarkeit als Last empfunden, besonders in den Zeiten in denen sie keinen Ausdruck dafür fand. Wie oft dachte sie, dass das Leben doch einfach mal vorbeiziehen könne. Sie wollte ihm nicht immer antworten, mal Pause machen, einfach im Bett liegen bleiben und die Decke über den Kopf ziehen. Doch das Leben fand sie, zog die Decke weg und schüttelte sie als Verräterin.

Langsam geht sie den Gang entlang, der wie immer die stickige Luft wie in einem Vakuum birgt. Das Arztzimmer liegt im Obergeschoss. Elisa nimmt mühsam auf dem ihr angebotenen Stuhl Platz und beschreibt die immer stärker werdenden Schmerzen der letzten Wochen. „Wir müssen einige Untersuchungen machen". Der Arzt sieht Elisa besorgt an und reicht ihr einen Überweisungsschein zur Vorstellung in der Klinik.

Die nächsten Tage sind gefüllt mit Untersuchungen die sie ruhig über sich ergehen lässt. Zum Abschlussgespräch wird Elisa in das moderne, unpersönlich eingerichtete Zimmer des Klinikarztes gebeten.

Mit distanzierter Haltung, hinter dem großen, sauber geordneten Schreibtisch, erklärt er Elisa mit knappen Worten die Ergebnisse der Untersuchungen. „Es tut mir leid", und schaut dabei auf seine goldene Armbanduhr „Sie entschuldigen mich" und mit einer Handbewegung zur Türe ist Elisa entlassen.

Für den Arzt ist alles nur Routine, für Elisa wankt die Welt. Er verbirgt sein Gesicht unter einer Maske der Unnahbarkeit, damit niemand seine Ängste sieht. - Es bleibt ihnen nicht mehr viel Zeit - das hat er gesagt und sie dabei nicht einmal angesehen. Elisa spürt, dass die Krankheit fortgeschritten ist, aber dass es jetzt sehr schnell gehen könnte, das muss sie erst einmal verarbeiten.

Elisa hat in ihrem Leben viele Zeiträume durchschritten. Doch je älter sie wird, umso mehr ändert sich ihr Zeitempfinden. Wenn sie nah bei sich ist, kann sie die Zeit sogar verlieren und zeitlos sein. Dem Glücklichen schlägt keine Stunde, das fühlt Elisa manchmal als Geschenk in sich, und so wird sie, vielleicht sehr bald, das Zeitliche segnen.

Kapitel XIII

Im Salon hat Hilde das elegante Kaffeeservice aufgedeckt, königsblau mit einem Rand aus Golddouble, dazu passend ein dreiarmiger Leuchter mit hellblauen Kerzen. In einer halbhohen schweren Kristallschale liegt Gebäck bereit.

Hildes Augen schweifen geübt über den gedeckten Tisch, sie zieht eine Falte der Tischdecke glatt und zündet die Kerzen an. Hilde ist aufgeregt. Seit Tagen wartet sie hoffnungsvoll auf einen Anruf von Elisa. Was ist, wenn sie sich nicht mehr meldet? Wenn sie ihr doch zu nahe getreten ist mit ihrem plötzlichen Erscheinen, mit den vielen Gefühlen, die aus ihr heraus strömten.

Als heute Morgen das Telefon läutete und sie Elisas warme Stimme vernahm, konnte sie nicht umhin, wie ein kleines Mädchen ins Telefon zu rufen: „Ich freue mich, ich freue mich so sehr, dass du anrufst".

Nun steht sie am Fenster und schaut die Straße hinunter. Ihr Chauffeur ist unterwegs, um Elisa aus dem Altenheim abzuholen. Hildes Blick wandert auf die gegenüberliegende Seite und bleibt an Bergen von Mauer- und Betonstücken hängen. Der Rest vom Abbruch einer großen, seit vielen Jahren immer maroder werdenden, alten Villa.

Jedes Mal, wenn sie auf die Straße hinunter blickte, um auf ihren Mann zu warten, schauten sie die Fenster der alten Villa von gegenüber mit leeren Augen an. Sie hatte sich an den Anblick der hohen verwitterten Fassade gewöhnt, hinter der die Sonne im Herbst und Winter frühzeitig ihr Licht mit sich nahm.

Hilde erinnert sich wie der Abriss vor wenigen Tagen begann. Durch das Fallen der Mauern spürte sie, wie der Boden vor Erschütterung bebte. Wie außen so innen. Vor ihren Augen spiegelt sich die Landschaft ihrer Seele, das wird ihr bewusst, als Bild dessen wie es in ihrem Inneren aussieht.

Doch nun werden die alten Gesteinsbrocken und Trümmer nach und nach weggeräumt. Hinter dem Grundstück erblickt Hilde einige kräftig gewachsene Pappeln, die sie vorher nie sehen konnte. Sie wiegen sich biegsam im Wind und die letzten Blätter flattern wie gelbe Fähnchen an emporstrebenden Zweigen.

Kapitel XIV

Der gemeinsame Nachmittag ist wie im Flug vergangen. Kaum merklich hat die Dämmerung eingesetzt und die Kerzen können umso mehr ihr warmes Licht verbreiten. Hilde beugt sich zur Stehlampe und schaltet sie ein.

„Es ist die blaue Stunde, in der die Sehnsüchte und Träume Bilder malen, die Zeit zwischen Tag und Nacht. Bitte schalte doch das Licht wieder aus" sagt Elisa leise. Sie setzt sich neben Hilde auf die Couch, von der man durch das große Fenster den Himmel sehen kann.

Zwei alte Frauen, die verschiedener nicht sein können, sitzen nah beieinander. Die eine im eleganten schmal geschnittenen grauen Leinenkleid, die halblangen Haare ordentlich frisiert, die andere in weißer Bluse, mit langem Wollrock aus magentafarbenem Stoff mit großen, orangefarbenen Mustern, die Haare geflochten und zu einem Knoten nach oben gesteckt. Ganz still ist es im Raum. Sie sitzen im Licht der Kerzen, sehen zum Fenster hinaus in den immer dunkler werdenden Himmel.

„Elisa, darf ich dich etwas fragen?" Hilde spricht leise um die besondere Stimmung nicht zu stören. „Ja natürlich, frage was immer du wissen möchtest". „Du hast eben gesagt, dass in der blauen Stunde die Sehnsucht und die Träume Bilder malen können, was hast du damit gemeint?" Hilde hat sich zu Elisa gedreht und schaut sie fragend an.

„Es gibt eine Sehnsucht, die schmerzt, weil es ein endloses Sehnen ist und keine Erfüllung in sich trägt. Doch es gibt auch eine Sehnsucht, die den Mut und die Kraft gibt, Dinge zu tun, die so verrückt sein können, dass nur ein starkes Sehnen sie erfüllen kann. Träume die lebendig werden können und zur Wirklichkeit erwachen. Weißt du Hilde, ich habe viele Menschen sterben sehen, es gibt so viele Tode, die leichten und die schweren. Wenn der Tod die Hand reichte, waren die Menschen oft nicht bereit, weil ungelebtes Leben sich dazwischenstellte. Dann flüsterten sie - ach hätte ich doch nur, ach hätte ich doch nur - doch die Zeit war abgelaufen, unwiederbringlich. Wenn du in deinem Leben Sehnsüchte, Träume und Ideen hast und seien sie noch so verrückt, habe den Mut, sie zu verwirklichen, liebe Hilde! Wenn es ein `ach hätte ich doch nur` in deinem Leben gibt, handel und gestalte deine inneren Bilder. Dein Leben freut sich auf dich, und der Tod wird es dir danken. Es ist nie zu spät verrückt zu sein, sich etwas zu verrücken aus gewohnten Sichtweisen, aus der normalen Spur zu gehen und eigenen Bildern Gestalt zu geben".

Hilde hört Elisas Worten gebannt zu. Sie kennt nur die Sehnsucht nach ihrem Mann, und diese Sehnsucht schmerzt so sehr, dass sie ihr ohnmächtig gegenübersteht.

„Was für ein - ach hätte ich doch nur - gibt es in deinem Leben?" Elisa sieht Hilde fragend an „Hilde sinkt nachdenklich in die Sofaecke und fühlt den leeren Nachhall dieser Frage. „Ein ach hätte ich doch nur?"

Zeit ihres Lebens sammelte sie alle Teile ihres Mannes in sich, war so angefüllt mit ihm, mit seiner Melodie, dass sie all ihre Träume und Sehnsüchte vergaß.

„Ich weiß nichts, mir fällt nichts ein". Hilde steht auf und beginnt unruhig im Zimmer auf und ab zu gehen. „Irgendetwas, das du schon immer mal machen wolltest". Elisa stützt sich auf ihre Krücke und humpelt zu Hilde, die auf dem Weg durchs

Zimmer neben ihr stehen bleibt und sie ratlos ansieht.

„Ich habe, bis auf den Abend als ich zu dir ins Heim kam, in meinem ganzen Leben noch nie etwas Verrücktes gemacht. Ich erinnere mich, dass ich als Kind die anderen auf dem Schulhof beneidete, die einfach durch Regenpfützen liefen und dabei so stark hinein sprangen, dass ihre Beine voller dunkler Spritzer waren. So etwas hätte ich mich nie getraut. Weißt du, Elisa, wo wir so darüber sprechen, kommt mir doch ein Bild, ein Traum aus meiner Jugend, der nie zu Ende geträumt wurde, den ich vergessen hatte." Hilde stockt und holt tief Luft „Was ist es denn, erzähl", sagt Elisa und Hilde antwortet: „Ich würde so gerne in einem wunderschönen Ballkleid Walzer tanzen".

Hilde legt verlegen ihre Hand auf ihren Mund, als hätte sie etwas Ungehöriges gesagt. „Es ist wirklich albern, ich alte Frau". Sie schüttelt leicht den Kopf und sieht Elisa scheu an.

„Wunderbar Hilde, wunderbar!", Elisa ist ganz aufgeregt „ Du wirst Walzer tanzen, dein Traum kann sich erfüllen".

Hilde hat sich wieder auf die Couch gesetzt. „Elisa, ich kann doch gar nicht tanzen, ich habe es nie gelernt. Meine Eltern fanden es unschicklich mit den anderen Mädchen in ein Tanzcafe zu gehen, in das am Samstag Nachmittag ein Tanzlehrer aus der nahegelegenen Stadt kam, um der Dorfjugend die Tänze der Welt zu zeigen. Außerdem schämte ich mich wegen meines Aussehens. Ich war immer schon so dünn. Manchmal riefen mir die Jungen im Dorf nach – Hilde Bohnenstange, vorne nichts und hinten nichts – Mit rotem Kopf und staksigen Schritten ging ich an ihnen vorbei. Wenn ich dann abends im Bett lag, sah ich mich als wunderschöne Frau in einem hellblauen Ballkleid aus fließendem Chiffon, dazu ein goldfarbenes Täschchen, das an meinem Arm zum Takt der Walzermusik hin und her baumelte. Ein galanter Mann führte mich mit starken Armen immer rundherum, immer rundherum. Die Musik drang in mein Blut. Im Traum sah ich mich strahlend lächeln, wie schwebend, fast entrückt. Doch war es nur ein Traum. Ich war immer nur eine Blume, die an eine Mauer passte. So habe ich nie gelernt, Walzer zu tanzen und nur Kleider getragen, die nicht beschwingt, sondern einer Fabrikantengattin gemäß zugeschnitten waren".

Elisa sieht Hilde mit funkelnden Augen an, nimmt ihre Hand und tätschelt sie „Ich freue mich schon darauf dich bald in einem wunderschönen Ballkleid im Walzertakt tanzen zu sehen".

Kapitel XV

Kaum wieder im Altenheim angekommen, geht Elisa in den hinteren Bereich des Erdgeschosses, wo es wie immer modrig und staubig riecht.

Sie holt aus einem niedrigen Eichenschränkchen ein zerblättertes Telefonbuch hervor, legt ihre Krücke beiseite und blättert mit der freien Hand die vergilbten Seiten um, bis sie bei T innehält und in großen schwarzen Buchstaben „Tanzschule Frei" liest. Wunderbar, denkt Elisa. Sie kramt in der Schublade nach einem Bleistift und schreibt die Nummer umständlich auf einen kleinen Papierschnipsel, der zwischen den Seiten liegt.

„Bitte, ich möchte persönlich mit Herrn Frei sprechen" Elisa steht in der Telefonzelle gleich neben dem Altenheim und schaut durch die verschmutzte Scheibe in den trüben Tag. „Herr Frei, wie schön, dass ich sie sprechen kann". Hastig erklärt sie Hildes so lange währenden Traum vom Walzer tanzen. Verwundert aber auch beeindruckt von Elisas Einsatz stimmt der Tanzlehrer einem Privatunterricht in Hildes Villa zu.

In den darauffolgenden Wochen kommt Herr Frei jeden Mittwoch Nachmittag zu Hilde, um ihr im großen Wohnzimmer Walzerschritte beizubringen. Platz gibt es genug, die kleinen Tische der verschiedenen Sitzgruppen wurden beiseitegestellt und einige Sessel an die hohen Wände geschoben.

Mal für Mal wird es für Hilde leichter sich zu der Musik zu bewegen. Von der anfänglichen Schüchternheit, wo sie mit steifen Beinen und verkrampftem Gesicht versuchte den Takt zu halten und bemüht war, nicht den Augen des Tanzlehrers zu begegnen, bis zu den letzten Malen, bei denen sie sich immer beschwingter dem Drehen überließ, außer Atem kam, lachte und sich wie ein junges Mädchen prustend in den Sessel fallen ließ.

Kapitel XVI

Es ist die blaue Stunde. Elisa sitzt im Schaukelstuhl und schaut auf ihren Eichenbaum, an dem sich die letzten vertrockneten Blätter im Wind bewegen. Der feuchte Nebel gibt der Dämmerung eine graue Schwere. Doch die Tage werden merklich länger und damit die Vorfreude auf wärmeres Wetter mit mehr Sonnenschein. Elisa kann es kaum erwarten die ersten Schneeglöckchen und Krokusse zu sehen, die entlang der geschützten Mauer schon früh im Jahr mit ihren Blüten die ersten Bienen anziehen.

Seit geraumer Zeit sitzt Elisa fast unbeweglich und hält, wie beschützend, ihre Hände um eine goldene Taschenuhr. Immer wieder schleicht sich die Sehnsucht nach ihrem Mann in ihre Träume, wie er seine Arme um sie legt, sie hält, sie liebt. Als sein Herz aufhörte zu schlagen bewegte sich auch die Unruh seiner Taschenuhr nicht mehr. Elisa hängt sehr an dieser Uhr, aber morgen wird sie zum Pfandleiher gebracht, sie braucht Geld für ihr Vorhaben.

Elisa steigt in den Bus, der sie in die nahegelegene Stadt bringt. Ein Mann mit zu großer Brille, die sein Gesicht noch kleiner erscheinen lässt, nimmt die Uhr mit ausdrucksloser Miene entgegen, nennt einen Preis und schiebt Elisa das Geld über die Theke.

Es müsste reichen, denkt sie. Eine große Überraschung soll es zu Hildes 80igstem Geburtstag geben. Elisa möchte einen Walzerabend für sie ausrichten, und Hildes so lange gehegten Traum von einem hellblauen Satinkleid soll sich erfüllen. Das Stoffgeschäft liegt nur einige 100 Meter vom Pfandleihhaus entfernt, und langsam bewegt sich Elisa an ihrer Krücke durch die Menschen.

Fräulein Leichtfuß hat ihre Großmutter sie immer genannt, wenn sie in den Ferien mit geröteten Wangen die Holzstiegen hinauf lief, hungrig vom Spielen und die Großmutter sie mit offenen Armen empfing.

Leichtfüßig kann sie nicht mehr sein. Das ihr verbliebene Bein schmerzt, doch schlimmer ist der tiefe bohrende Schmerz des anderen Beines. Obwohl es nicht mehr da ist, macht es sich täglich bemerkbar, als ob es nach wie vor zu Elisa gehört.

Himmelblauer Satin. Elisas Hände streichen immer wieder über den fließenden Stoff. Als Schneiderin kennt sie die Sprache der Stoffe, sieht ihre vielen Gesichter, ihre Eleganz, ihre Geheimnisse.

Über 40 Jahre hat sie in einer kleinen Schneiderei gearbeitet. Obwohl ihr oftmals abends ihre Finger und Arme schmerzten, war dieser Beruf der einzig richtige für sie. Manchmal nannte eine Kollegin sie die Stoffzauberin. Gekonnt schneiderte sie aus alten und aus der Mode gekommenen Kleidern neue flotte Ausgehkleider, und die Kundinnen zeigten sich sichtlich erstaunt über die Verwandlung und bewunderten ihre Fantasie. Elisa kauft zufrieden den Stoff und macht sich glücklich wieder auf den Heimweg.

Tagelang sitzt sie abends an ihrem kleinen Schreibtisch und verwirft Idee um Idee, bis sie eine Zeichnung vor sich hält die ihr gefällt. Ihr geschultes Auge erkennt Maße, ohne nachzumessen. Sie holt ihre alte Nähmaschine hervor und macht sich an die Arbeit, Hildes Traum zu verwirklichen.

Kapitel XVII

Hilde steht am großen Fenster des Wohnzimmers und schaut in den orange-rot-farbenen Himmel, der sich mit seinen Farben in einer Kristallkugel verfängt, die vor ihr hängt.

Heute ist ihr Geburtstag, der 80igste. Nachdenklich geht ihr Blick in den Garten, in dem ein Kleiber die letzten Reste des Vogelfutters aufpickt.

Was schuldet sie dem Leben… Opfer und Gehorsam, so hat sie es gelernt, und das alles hat sie gegeben. Angepasst und schon als Kind gedrillt, nicht aufzufallen und nicht zu stören.

Nie ist sie auf den Gedanken gekommen sie könne etwas mit ihrer Zeit machen, sie füllen mit ihren Interessen, mit ihren Vorlieben, mit ihrem Leben. Doch dieses Leben, ihr Leben, ist an ihr vorbeigezogen.

Aber jetzt gibt es Elisa, wie ein Sonnenstrahl erhellt sie ihre Tage. Noch nie hat sie einen Menschen so nah bei sich gefühlt. Monate sind seit ihrer ersten Begegnung im Park vergangen, immer näher sind sie sich gekommen, zwei alte Frauen, die unterschiedlicher nicht sein können. Ein zartes Band der Freundschaft ist entstanden und über Hildes Gesicht geht ein Lächeln wenn sie an Elisas Lebendigkeit und Lebensfreude denkt.

Im Altenheim steht Elisa am Fenster und kann es kaum abwarten, dass der Chauffeur sie abholt. Alles ist vorbereitet. Hilde hat keine Ahnung was für eine große Überraschung ihr bevorsteht. Einzig weiß sie, dass Elisa sie zum Geburtstagskaffee besuchen wird.

Der Chauffeur trägt den Karton mit dem Ballkleid für Hilde und legt ihn vorsichtig in den Kofferraum. In der Villa angekommen geht er vor und bittet die verwunderte Hilde, sie möge sich einen Moment in ihr Schlafzimmer zurückziehen. „Ja aber wieso denn, wo ist denn Elisa".

Aufgeregt wie ein Kind geht Hilde nun im Zimmer auf und ab und versteht nicht, was das alles zu bedeuten hat. Fast so wie Weihnachten, denkt sie, als sie in ihrem Zimmer bleiben sollte, so lange bis das Christkind da war. Aber es ist nicht Weihnachten sondern ihr Geburtstag, und so setzt sie sich auf ihr Bett und horcht, ob sie nicht irgendetwas hören könnte.

Zwischenzeitlich hat der Chauffeur das Ballkleid in den Salon gebracht, wo sich Elisa schon am Tisch zu schaffen macht, die Sektgläser zurechtrückt, die duftenden gelben Freesien in die Vase stellt und jetzt noch den Karton mit der großen Überraschung für Hilde dazu legt.

Der Chauffeur hat alle Tische und Sessel beiseite gerückt und auf dem Plattenspieler die Platte mit dem Königswalzer von Johann Strauss vorbereitet.

Elisa war schon lange nicht mehr so aufgeregt. Mit geröteten Wangen schaut sie in den Salon. Alles ist bereit, alle Kerzen brennen, der Geburtstagstisch, so liebevoll hergerichtet, steht gleich am Fenster. Jetzt fehlt nur noch ihre Hilde.

„Du kannst kommen, liebe Hilde" ruft sie den Flur herunter. Hilde kommt zögernd den Gang entlang. „Was hat das denn alles zu bedeuten, Elisa?" „Komm, Hilde, komm" Wenn Elisa mit ihrem einen Bein hüpfen könnte, würde sie es vor lauter Aufregung machen.

Hilde öffnet die Türe zum Salon und schaut staunend in das festliche Zimmer. Elisa nimmt ihre Hand und führt sie zum Geburtstagstisch. „Das ist mein Geschenk für dich" an den Tisch gelehnt nimmt sie den goldenen Karton und überreicht ihn dem Geburtstagskind.

„Für mich, du hast ein Geschenk für mich?" Hilde steht da mit dem Karton in der Hand und sieht Elisa ungläubig an „Nun pack schon aus!" Elisa klatscht vor Freude in die Hände.

Und dann ist der Moment gekommen, Hilde öffnet den Karton und zieht behutsam das hellblaue Satinkleid heraus. Der Stoff fließt über ihre Hände, und Tränen laufen ihr über das Gesicht. „Aber das kann doch nicht wahr sein, Elisa, das ist das Kleid, von dem ich geträumt habe, ich kann es gar nicht glauben, liebe liebe Elisa, hast du es etwa selber geschneidert?"

„Es hat mich so sehr berührt, als du mir deinen Traum erzählt hast, einmal in einem hellblauen Ballkleid Walzer zu tanzen. So bitte ich dich jetzt, geh und ziehe es an".

Als Hilde wiederkommt, steht sie etwas verlegen in der Türe. „Du siehst so wunderschön aus". Elisa schaut Hilde mit glücklichen Augen an. Das Kleid schmiegt sich an Hildes schmale Figur, der fließende Satin fällt schmeichelnd und ist nach unten weit auslaufend. Der edle Schnitt passt perfekt zu ihrem klassischen Stil.

Jetzt erst sieht Hilde ihren Chauffeur, der sich in der Zwischenzeit einen schwarzen Anzug angezogen hat und zu dem Klang vom Kaiserwalzer auf sie zu kommt, sich tief verbeugt mit den Worten „Darf ich bitten, gnädige Frau", sie unterhakt und zur Mitte des Salons führt.

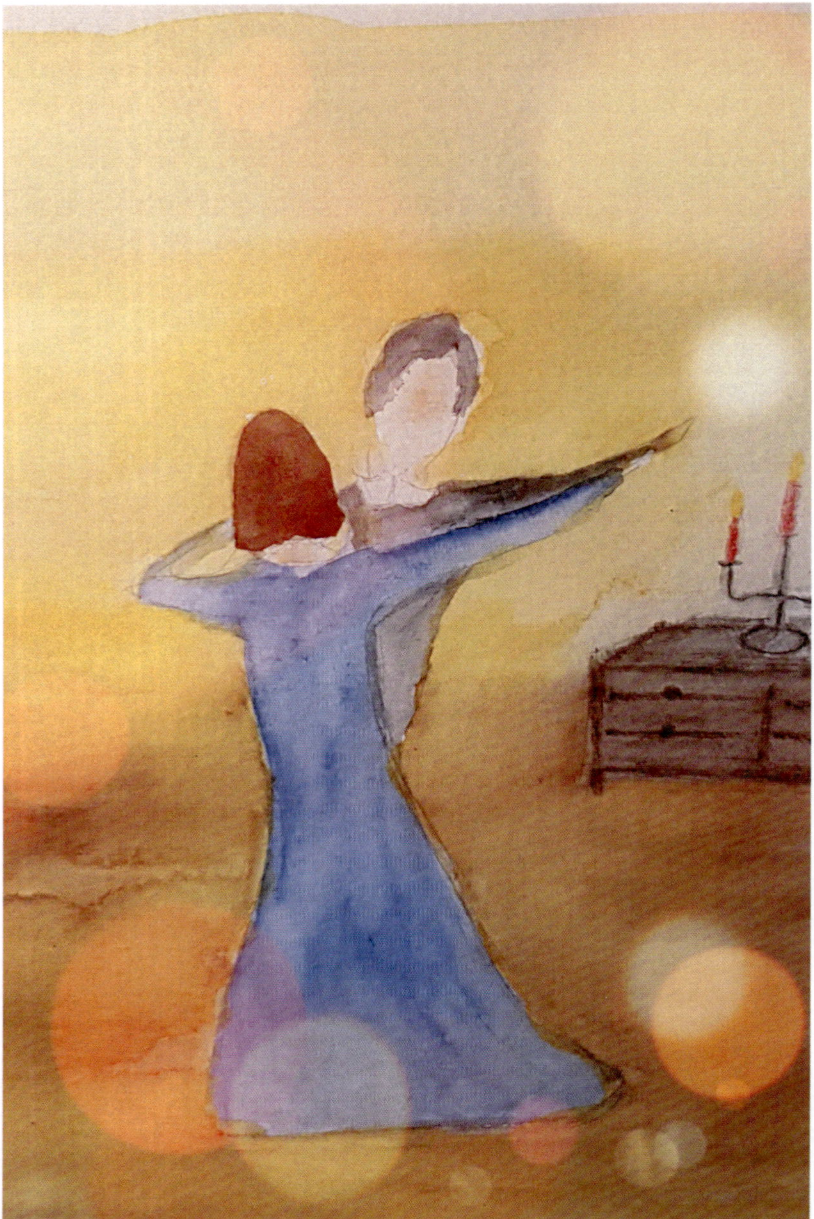

Hilde kennt die Melodie des Kaiserwalzers gut, eigentlich könnte sie jede Note mitsummen. Seit ihrem Tanzunterricht in den letzten Wochen legt sie sich fast jeden Tag die Platte auf und bewegt sich lächelnd im Walzerschritt über die dicken Wohnzimmerteppiche. Zwei Mal stieß sie dabei so gegen die Ecke eines Tisches, dass sie blaue Flecken bekam.

Der Auftakt des Walzers beginnt langsam. Der Chauffeur hält sie fest in den Armen und Hildes Herz schlägt so stark, dass sie es in ihren Ohren pochen hört.

Sie wiegen sich hin und her, bis sich die Musik steigert. Hildes Haut kribbelt überall und dann drehen sie sich, immer und immer wieder, rechts herum, links herum. Hilde könnte jubeln, alles dreht sich, oh wie wundervoll, sie ist glücklich nur noch glücklich. Der hellblaue fließende Stoff des Kleides schwingt leicht um Hildes Beine. Zwischendurch kurz hin und her gewiegt, dann drehen sie sich wieder zu der Musik des Wiener Walzer. Wie schön kann doch das Leben sein. Trotz ihrer 80 Jahre fühlt sich Hilde so jung, so frei wie niemals in ihrem Leben zuvor.

Hilde, Elisa und der Chauffeur verbringen gemeinsam einen wundervollen Abend. Es wird gelacht, mit Sekt angestoßen und immer wieder tanzt Hilde Walzer, bis sie dann so erschöpft und müde ist, dass sie sich mit einer vorsichtigen und etwas zurückhaltenden Umarmung bei ihrem Chauffeur bedankt „Ich werde es ihnen nie vergessen, dass sie mit mir bis in den Himmel getanzt sind".

Elisa und Hilde sitzen wie Kinder auf der Couch nahe am Fenster und halten sich an den Händen. Zwei alte Frauen die sich verbunden haben und diese Bindung spüren sie in ihren Herzen.

„Meine so liebe Elisa." Hilde hat sich zu ihr gedreht und schaut sie an. „Ich weiß gar nicht was ich sagen soll ich freue mich so sehr, wie kann ich dir nur danken für diesen Tag. Noch nie in meinem Leben, wirklich noch nie habe ich mich so lebendig gefühlt wie heute. Ist das nicht verrückt, da muss ich 80 Jahre alt werden, um das zu erleben. Und all das habe ich dir zu verdanken. Dieses wundervolle Kleid verzaubert mich in die Prinzessin meiner Träume, mich alte Frau". Hilde laufen Tränen über ihr Gesicht.

„Das habe ich so gerne gemacht. Als ich dir zum ersten Mal im Park begegnet bin, wusste ich, dass wir einen gemeinsamen Weg gehen werden. Ich wünsche mir sehr, dass unsere Freundschaft weiter wächst und sich vertieft und ich freue mich auf unsere weitere gemeinsame Zeit.".

Kapitel XVIII

Elisa sitzt im Speisesaal und stochert in ihrem Essen herum. Schon wieder Möhren, eigentlich liebt sie jede Art von Gemüse, aber die zerkochten Möhrenstücke zusammen mit geschmacklosen Kartoffeln, die schon früh morgens geschält wurden verderben ihr jeglichen Appetit.

Mit an ihrem Tisch sitzen Gretel und Thomas. Beide haben sich hier im Altenheim kennen und lieben gelernt. Gretel erzählt ihr, dass sie oft Alpträume habe, vom Krieg und all den schrecklichen Erlebnissen, dann schleicht sie sich nachts in Thomas Zimmer und legt sich zitternd zu ihm ins schmale Bett. Es ist nicht gerne gesehen von der Heimleitung, aber die anderen Pflegerinnen haben ein gutes Wort für beide eingelegt, so dürfen sie auch manche Nächte gemeinsam verbringen.

´Liebe kennt kein Alter, sie ist allgegenwärtig´, sagte schon Goethe, das geht Elisa immer durch den Kopf, wenn sie die beiden Hand in Hand nebeneinander hergehen sieht.

Elisa schaut lange aus dem Fenster, es ist Frühling geworden. Ihr Eichenbaum strahlt mit seinen lindgrünen geschwungenen Blättern. Nachmittags wird sie sich mit Hilde bei den Eichhörnchen treffen. Dieser Platz ist ihr Platz geworden.

Vor einigen Tagen fand sie zwei alte Campingstühle, die an eine Wand gelehnt beim Sperrmüll standen. Sie waren nicht schwer und so klemmte sie sich die Stühle unter den Arm und nahm sie mit ins Heim. Jedes Mal wenn sie Hilde trifft, nimmt Elisa die beiden Stühle mit zu ihrem Platz.

Kapitel XIX

Hilde steht am Eichenbaum und wartet auf ihre Freundin. In der letzten Zeit hat sie das Gefühl, dass es Elisa nicht gut geht. Es ist nur ein Gefühl, und auf ihre Fragen ob etwas sei und es ihr gut gehe antwortet Elisa stets, ´alles in bester Ordnung, mir geht es prima´.

Doch Elisas Gesicht erscheint ihr nicht mehr so rosig wie sonst und sie wirkt oft erschöpft und müde.

„Hallo du Liebe, hallo". Von Weitem sieht sie Elisa mit ihrer Krücke und den zwei alten Campingstühlen unter dem anderen Arm durch die alte Gartentüre kommen. Elisa hebt die Krücke und wedelt mit ihr zum Gruß durch die Luft. „Da bin ich" ganz außer Atem setzt Elisa die Stühle ab und umarmt Hilde liebevoll.

„Wie schön, dich zu sehen Elisa". Hilde klappt die Stühle auf und stellt sie nebeneinander auf den Waldboden. Sofort sind die beiden Eichhörnchen auf dem untersten Ast des Baumes und schauen neugierig auf die beiden Frauen. „Kommt, kommt, kommt" rufen beide zu ihnen hinauf und schon sitzen die possierlichen Tierchen dicht bei ihnen und greifen schnell nach den hingehaltenen Nüssen.

„Lass uns hinsetzen, Hilde, ich fühle mich heute sehr erschöpft und müde". „Ich habe schon die ganz Zeit das Gefühl, Elisa, dass es dir nicht gut geht, ich mache mir Sorgen um dich".

Elisa schaut zu den Eichhörnchen, dann zu ihrem Baum mit seinen ausladenden Wurzeln, die mehrere Meter weit über dem Boden zu sehen sind.

„Weißt du, Hilde warum ich Bäume so liebe? Sie sind mit ihren Wurzeln tief mit der Erde verbunden und mit ihrer Krone dem Himmel so nahe. Ist das nicht wunderbar. Himmel und Erde und dazwischen ein Stamm, der alles verbindet.

Manchmal fühle ich mich auch dem Himmel nah". Elisa bückt sich nach vorne und hält dem Eichhörnchen eine Nuss in der Hand entgegen. „Wenn ich so in meinem Zimmer am Fenster sitze, dann ist es mir, als ob alles was war, was ich erlebt habe, alles Gute und alles Schlechte sich auflöst und ich nur noch ich bin, verstehst du Hilde, nur ich, so ganz bei mir und dann ist alles gut und im Frieden, dann ist mir der Himmel so nah, ich fühle mich losgelöst und doch mit Allem verbunden".

Elisa schaut weiter zu ihrem Baum und dann zu Hilde „Ich wollte es dir schon lange sagen meine liebe Freundin, du hast recht, es geht mir nicht gut. Ich habe starke Schmerzen und muss immer stärkere Mittel nehmen um sie zu bekämpfen. Die Ärzte meinen, dass ich nicht mehr lange leben werde".

„Oh mein Gott, Elisa, oh Gott nein", Hilde bricht in Tränen aus und nimmt Elisa in den Arm. „Nein, um Gottes Willen, was hast du denn, was ist mit dir?" Erschüttert sieht sie Elisa an.

Und Elisa erklärt in kurzen Worten die Unheilbarkeit ihrer Erkrankung und die Prognose der Ärzte.

Kapitel XX

Am nächsten Tag treffen sich beide wieder im Park unter ihrer Eiche. Sie sitzen auf ihren Campingstühlen dicht beieinander unter Hildes großem Regenschirm. Obwohl es ein warmer Maitag ist, ist der Himmel grau verhangen und es nieselt leicht. Hilde nimmt Elisas Hand und schaut sie liebevoll an. „Vor einigen Wochen hast du mich gefragt, ob es etwas gibt, was ich mir schon immer wünschte und ich habe dir von meinem Traum erzählt, einmal in meinem Leben in einem hellblauen Ballkleid Walzer zu tanzen. Und der Tag, den du mir schenktest, mein 80igster Geburtstag, war der Schönste in meinem Leben. Du bist mir eine Freundin geworden, ein Mensch dem ich mich sehr nahe fühle." Hilde führt Elisas Hand an ihr Gesicht und legt ihren Kopf ein wenig hinein.

„Nun frage ich dich Elisa, was für einen Traum, was für einen Wunsch hast du so ganz im Stillen?"

Elisa rückt ein wenig hin und her auf dem doch unbequemen Stuhl. „Das kann ich dir sofort sagen was ich für einen Wunsch in mir trage, und diesen Wunsch träume ich schon so viele Jahre". Hilde schaut Elisa erwartungsvoll an „Erzähle, ich bin schon sehr gespannt". „Was fiel dir damals als Erstes auf, als du mich tagelang bei den Eichhörnchen beobachtest hast?" Hilde überlegt kurz „Als Erstes, fiel mir von Weitem dein bunter Rock auf und als ich dann später in deiner Nähe stand, konnte ich den zarten Duft von Lavendel wahrnehmen, so wie jetzt auch, meine Liebe".

„Siehst du!" Elisa strahlt Hilde an, siehst du, du bist schon ganz nahe an meinem Traum. Ich wünsche mir so sehr einmal in die

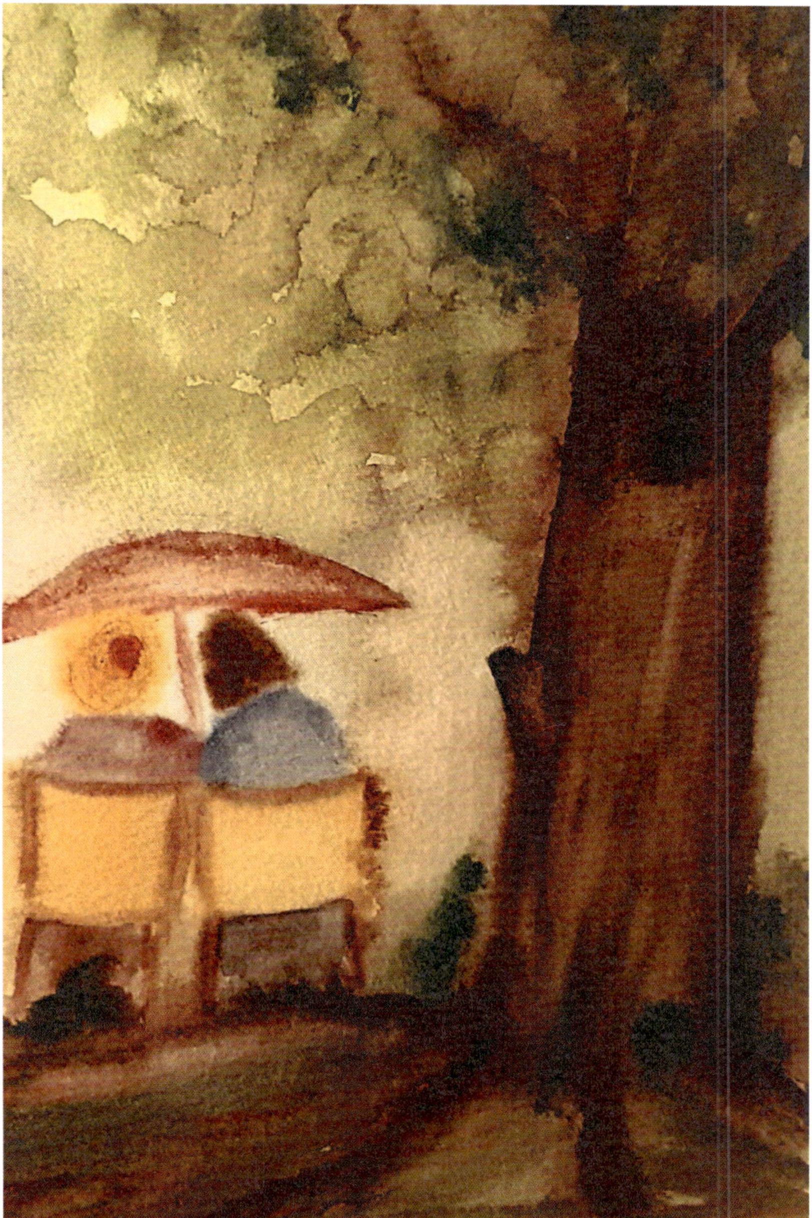

Provence zu reisen um die Lavendelfelder zu sehen. Manchmal träume ich sogar nachts davon, dass ich durch die duftenden Felder gehe, mit meiner Hand über die lila Blüten streife und glücklich bin". „Aber warum hast du es denn nie gemacht?" „Ich hatte das Geld nicht dafür. Solch eine Reise ist teuer und als kleine Schneiderin und später als Witwe konnte ich nicht so viel beiseitelegen".

Hilde schaut Elisa lange an und sagt dann mit einem verschmitzten Lächeln „Du wirst die Lavendelfelder sehen, du wirst ihren Duft riechen können, wir fahren zusammen nach Frankreich". „Aber Hilde, ich hätte nie das Geld dafür ". „Keine Widerrede, ich schenke dir die Reise und freue mich schon sehr, dich zu begleiten".

Kapitel XXII

Die nächsten zwei Wochen sind angefüllt mit Planungen. Hotelkataloge werden durchgesehen, die Route mit dem Chauffeur besprochen.

Elisa organisiert einen Vorrat an Medikamenten und von dem freundlichen Arzt des Heimes bekommt sie zudem noch sehr starke Schmerzmittel mit für den Notfall. Außerdem schreibt er ihr ein Rezept für medizinisches Cannabis, und mit einem Augenzwinkern nimmt er Elisa in den Arm und sagt „Da wird man so alt wie sie und bekommt das Haschisch auf Rezept".

Jetzt, Mitte Juni, wird es früh hell, und so fahren sie bei Sonnenaufgang los und haben vor, wenn alles gut geht, am Abend in der Provence anzukommen. Der Chauffeur hält alle zwei Stunden auf einem Rastplatz, damit Hilde und Elisa sich die Füße vertreten können.

Die letzten 50 km fahren sie durch malerische Bergdörfer mit romantischen kleinen Steinhäusern, Weinbergen und grünen Olivenhainen, soweit das Auge reicht. Elisa freut sich so sehr, den Ort ihrer Träume endlich zu sehen.

Und dann, in der Abendsonne, erblicken sie die ersten Lavendelfelder. Der Chauffeur parkt den Wagen am Straßenrand, und Hilde und Elisa stehen Arm in Arm und schauen überwältigt auf die lila Farbpracht, die sich bis zum Horizont zieht. „Oh Hilde, riech` doch mal, wie es duftet, und wie wunderschön alles ist". Sie hält eine Hand über die Augen und schaut zur untergehenden Sonne, die das Blauviolett der Blüten noch intensiver leuchten lässt.

„Elisa, ich bin ganz überwältigt von dieser Schönheit und so glücklich, dass wir beiden diese Reise gemeinsam unternehmen. Wir werden uns hier ganz schöne Wochen machen. Komm, lass uns weiterfahren, ich bin schon sehr gespannt auf unser kleines Häuschen".

Das Dorf liegt abseits der Hauptverkehrsstraße und ist nur über eine schmale Straße erreichbar. Die Wegbeschreibung zu ihrem Haus und den Schlüssel haben sie im Vorwege bekommen, und so fahren sie eine unbefestigte holperige Straße einen kleinen Hügel hinauf, bis sie ein kleines Steinhaus sehen, dass sich hinter knorrigen Olivenbäumen und einer niedrigen Mauer aus Natursteinen verbirgt.

Sie gehen durch einen Torbogen aus kantigen Steinen und sehen das Haus mit seinen blauen Fensterläden und blauer Holztüre in der bald untergehenden Sonne liegen.

Elisa klatscht vor Begeisterung in die Hände „Oh ist das schön, schau nur Hilde", sie humpelt zu einer ebenfalls blauen Bank die gleich unter dem Fenster steht. „Hier werden wir abends sitzen und uns die Abendsonne ins Gesicht scheinen lassen, ja liebe Hilde, das werden wir machen!" Ganz glücklich sieht sie ihre Freundin an.

Im Haus ist alles liebevoll eingerichtet, zwei Schlafzimmer, jedes mit Zugang zum Garten, alles gemütlich und rustikal, eine kleine Küche mit einem alten Eichentisch und 4 Stühlen und zwei mit dunkelrotem Stoff bezogenen Ohrensesseln, die nahe am Fenster stehen. Hilde und Elisa fühlen sich auf Anhieb wohl und heimisch.

Kapitel XXIII

In den folgenden Tagen leben sich Hilde und Elisa in ihrem kleinen Zuhause ein.

Ganz besonders gefällt ihnen das weitläufige und etwas abschüssige Grundstück. Um das Haus herum stehen große Kübel mit gelb - und weißblühendem Oleander, sowie einige Olivenbäume und Zypressen. Über eine ausgetretene Steintreppe gelangt man in den unteren, verwilderten Teil des Gartens. Hier stehen knorrige, alte Olivenbäume, mit ihren schimmernden silbergrünen kleinen Blättern. Zwischen den sonnengebleichten Gräsern sieht man hier und da gelbes und rötliches Gestein sowie überall die kleinen, blauen Blüten des Thymians.

An den Olivenbäumen gibt es nichts Gerades. Die oft gegabelten Stämme wachsen schief und in sich gedreht, und ihre dicken Borken haben tiefe Einrisse. Die Äste winden sich und scheinen zu tanzen. Jeder der Bäume ist so besonders, dass keiner dem anderen ähnelt. Wie ein Treffen von Veteranen stehen sie in der heißen Sommersonne. Die Blütezeit ist vorüber, und es zeigen sich die ersten kleinen dunkelgrünen Oliven, die zwischen den behaarten spitzen Blättern hervorschauen.

Zwischen all den Olivenbäumen sieht man es rot leuchten. Überall auf dem Grundstück stehen Granatapfelbäume und Sträucher. Sie haben große, intensiv rot-orange-farbene, trichterförmige Blüten. An einigen sieht man schon die kleinen Früchte mit ihrer ledernen rötlichen Schale.

Dieser Garten ist für Hilde und Elisa romantisch und märchenhaft, wie verwunschen. Mehrmals täglich gehen sie die Treppe hinunter und schlendern durch den Olivenhain über einen Teppich von blühendem Thymian, der bei jeder Berührung seinen krautigen warmen Duft abgibt.

Jeden Morgen versorgt Hildes Chauffeur, der ganz in der Nähe ein kleines Zimmer hat, die beiden alten Damen mit frischen, noch warmen Croissants vom Bäcker aus dem Dorf und er bringt immer gleich zwei helle Baguettes mit für das Abendbrot. Zum Mittagessen fährt er sie hinunter zu einem kleinen Restaurant mit einer einfachen, aber sehr schmackhaften, typisch französischen Küche.

Dann gibt es immer ein Mittagsschläfchen, und wenn die Sonne nicht mehr so heiß vom Himmel scheint fahren sie am späten Nachmittag einige Kilometer zu den weiten Lavendelfeldern.

Elisa wollte unbedingt ihre beiden alten Campingstühle mitnehmen. So sitzen sie nebeneinander, an einer besonders schönen Stelle, in der Nähe eines Olivenhains. mit Blick auf ein Meer von lila Blüten, die jetzt im Juni ihre kleinen Knospen sanft öffnen.

Ein schmaler Pfad führt durch das Feld gleich vor ihnen und untergehakt gehen Hilde und Elisa jeden Tag durch die blauviolette Pracht, die sich im warmen Sommerwind wiegt.

Elisas Schritte sind an manchen Tagen mühsam, sie möchte es sich nicht anmerken lassen, aber auf die Krücke gelehnt muss sie immer wieder eine Pause machen, damit sie den hochsteigenden Schmerz im Rücken einigermaßen entlasten kann.

Wie jeden Tag, so sitzen sie auch heute und schauen auf die schier endlosen Lavendelfelder. Ein Fest der Sinne mit dem

Summen und Brummen der vielen Bienen und Insekten und dem betörend zarten Duft des Lavendels.

„Hilde, ich habe dir ja viele Geschichten aus meinem Heim erzählt. Dort leben Menschen, die wenig Geld haben und so viele der Bewohner sind unglücklich und einsam. Weißt du, wenn ich zaubern könnte oder viel Geld hätte, ich meine so richtig viel Geld, dann würde es ein Haus geben für alte Menschen, in dem sie glücklicher und weniger einsam wären. Ich habe mir das schon so oft überlegt. Ein Zuhause für betagte Menschen, die sich nicht viel leisten können.

Dort, wo ich jetzt lebe, gibt es Bewohner, die bettlägerig sind und nur in ihren Zimmern liegen. Manchmal höre ich sie rufen. Oft können sie kaum noch hören und sehen, sie liegen da in einem Leben, in dem die Zeit aufgehört hat zu vergehen.

In dem Haus, das ich mir vorstelle, würde es Betten geben, die sich wie eine Wiege wiegen lassen. So eine Art elektrische sanfte Schaukel, und wenn ein Bewohner unruhig ist, kann sie angestellt werden. Statt Medikamenten, die ihn noch weiter vom Leben entfernen, wiegt sich das Bett im Klang von Wiegenliedern, die von Geborgenheit singen".

Elisa beugt sich nach unten, zieht die Beinprothese ab und legt sie neben sich auf den steinigen Boden." So, jetzt ist es besser" und massiert sich dabei vorsichtig den Oberschenkel.

„Weißt du Hilde, sogar als alte Frau habe ich auf meinen Wanderungen und Spaziergängen keine Schaukel am Wegesrand ausgelassen, habe mich daraufgesetzt und bin hin und her geschaukelt. Wenn ich dann die Augen geschlossen hatte und ich mich so wiegen ließ, fühlte ich mich wundervoll und war wieder in der Welt meiner Kindertage. Aber ich will dir weiter erzählen. Einmal in der Woche würde ein Tanznachmittag organisiert werden. Das ist erst einmal nicht so etwas Besonderes. Oft gibt es in den Altersheimen solche Angebote. Da es immer sehr viel mehr Frauen als Männer gibt, tanzen oft die Frauen zusammen und übernehmen dann die Männerrolle. Aber liebe Hilde, bei den Tanztagen, die ich mir überlegt habe, wird es anders sein. Für die alten Damen kommen gut aussehende junge Herren und für die alten Herren, junge hübsche Damen, die mit ihnen, so wie es geht, langsam oder auch ausgelassenen tanzen. Sie sind zuvorkommend mit den Bewohnern, machen ihnen Komplimente und vielleicht gibt es auch den einen oder anderen kleinen Flirt".

Elisa schaut die verblüffte Hilde verschmitzt an. „Ja Hilde, egal wie alt man wird, es tut gut, sich auch im Alter noch wie eine Frau oder wie ein Mann zu fühlen".

Ich bin mir so sicher, dass Lebensgeister wieder geweckt werden können. Auch wenn der Körper in all den Jahren unbeweglich und starr geworden ist, in den Augen sieht man, wenn das Feuer des Lebens wieder aufflackert, egal wie alt man ist. Ich wollte immer eine verrückte Alte sein und ich glaube, dass ich mir zumindest meinen Eigensinn bewahren konnte. Ich habe mir die Erlaubnis gegeben für alles, was in mir ist".

„Erzähle weiter Elisa, es ist spannend dir zuzuhören".

„Einmal im Monat gibt es Motorrad fahren, für alle die es schnell und etwas aufregend mögen. Dann kommt ein vollbärtiger, tätowierter, starker Kerl, ja ja, so sieht er in meiner Fantasie aus". Elisa zieht dabei ihre Augenbrauen hoch und wiegt den Kopf hin und her. „Also er kommt mit seinem Motorrad und Beiwagen. Helm auf, und ab geht die Fahrt durch die Landschaft. Ist das nicht eine tolle Idee, wieder ein Abenteuer zu erleben, Geschwindigkeit aufzunehmen und den Fahrtwind zu spüren.

Und natürlich, darüber brauchen wir gar nicht zu sprechen, gibt es genügend Menschen, die die Bewohner liebevoll umsorgen, so dass jeder sich respektiert und gesehen fühlt.

Ein Haustier muss nicht unter Schmerzen abgegeben werden, sondern kann mit im Haus leben, und sollte sich der Bewohner nicht mehr darum kümmern können, wird es Menschen geben die das übernehmen. Aber zum Liebhaben und Kuscheln bleiben die Tiere nah bei ihrem vertrauten Menschen.

Abends gibt es ein Zubettgeh-Ritual. Jeder Bewohner der möchte, sucht sich ein duftendes Öl aus und damit werden, je nach Wunsch, die Hände oder Füße sanft massiert. So kann der Tag gehen und die Nacht in Ruhe kommen.

Und es wird einen Raum der Sinne geben. Viele alte Menschen in den Heimen haben ihre Worte verloren, oftmals zerfallen sie schon, bevor sie gesagt werden können. Sie laufen durch eine Welt die nicht mehr die ihre ist, verwirrt und heimatlos.

In diesem Raum wird es alles geben, was die Sinne anregt. Er ist in ein sanftes Licht getaucht und verschiedene Musikstücke können je nach Geschmack gespielt werden. Es gibt farbig beleuchtete Wassersäulen, in denen ständig Luftblasen nach oben steigen, kleine Dufttupfer mit Orange, Zimt, Lavendel und anderen Düften, die an alte Zeiten erinnern lassen. Es steht dort ein Wasserbett, auf das man sich mit Hilfe liebevoller Begleitung legen und entspannen kann, und Schaukelstühle die am Boden befestigt sind und sich elektrisch bewegen, damit die verwirrten Bewohner, die oft den ganzen Tag voller Unruhe hin und her laufen, sich hineinsetzen und geschaukelt werden können, um so zufriedener und ruhiger zu werden."

Elisa erzählt voller Freude, wie ein junges Mädchen, das von Zukunftsplänen spricht. Dabei legt sie ihre Beinprothese mühevoll wieder an

„Wollen wir ein kleines Stück gehen, liebe Hilde?" „Das ist eine gute Idee". Hilde gibt ihrer Freundin die Hand und hilft ihr beim Aufstehen aus dem niedrigen alten Campingstuhl „Also, dass du unbedingt diese wackligen Stühle mitnehmen wolltest, das kann ich wirklich nicht verstehen, dort hinten steht eine Bank, da könnten wir auch sitzen und vor allen Dingen bequemer sitzen, wir zwei Alten".

Elisa lacht und sagt: „Ach papperlapapp, Hilde, die Campingstühle sind genau richtig, und ich will sie nicht umsonst vom Sperrmüll mitgeschleppt haben".

Sie gehen untergehakt den schmalen Weg durch das weite Lavendelfeld. Die lila Blüten streifen ihre Beine und geben dabei ihren zarten würzigen Duft ab.

„Das Haus meiner Träume wird in einem wundervollen Garten liegen, in dem überall Lavendel wächst und inmitten des duftenden Lavendels wird es viele kleine Sitzgruppen geben. Ich sehe es vor meinem inneren Auge, die Bewohner werden dort sitzen und lachen und glücklich sein.

Für viele Menschen ist das Meer ein Sehnsuchtsort. Deshalb soll ein Teil des Gartens zu einer Dünenlandschaft umgestaltet werden. Durch Sandhügel, bepflanzt mit Dünengräsern, Strandhafer und Sanddornsträuchern geht ein romantischer Weg. Über Holzplanken führt er zu einem Platz mit einigen Strandkörben, inmitten von duftenden Dünenrosen".

Elisa bleibt stehen und schaut Hilde an". Und ich weiß auch schon wie es heißen wird, das Haus, in dem alte Menschen lebenswert wohnen können, es wird Villa Lavendula heißen". Erwartungsvoll sieht sie Hilde an" Was sagst du dazu?"

„Villa Lavendula, das hört sich gut an, wunderbar sogar. Alles was du gesagt hast, ist einfach wunderbar. Ich bin innerlich ganz aufgeregt, Elisa. In den letzten Wochen habe ich mir oft überlegt, wie es in meinem Leben weiter gehen soll. Ich kann und will nicht alleine in meiner großen Villa leben. Oh Gott, Elisa, ich bin jetzt ganz zittrig". „Möchtest du dich hinsetzten und etwas trinken?" Elisa schaut Hilde besorgt an. „Nein, nein, mir kommt nur gerade eine großartige Idee, eine verrückte Idee, eine wirklich geniale Idee". Hilde und Elisa stehen inmitten des lila Blütenmeers und sehen sich an. „Was meinst du Hilde, ich bin ganz neugierig".

„Elisa, durch den Verkauf der Fabrik habe ich Geld, sehr viel Geld und ich habe ein Haus, ein sehr großes Haus, mit einem Garten so weitläufig wie ein Park, es kann die Villa Lavendula werden". Hilde umarmt ihre verdutzte Freundin liebevoll. „Ja, Elisa, das Haus deiner Träume kann Wirklichkeit werden und ich meine es ernst. Ich habe keine Nachkommen und all der Reichtum hat mich nie glücklich gemacht, doch jetzt kann es etwas Sinnvolles geben mit all dem angehäuften Geld". „Aber Hilde, ich bin ganz verwirrt, wirklich, das kann ich gar nicht glauben, du möchtest alles hergeben für dieses Haus?" „Ja, und weißt du was", Hilde nimmt Elisa am Arm und hakt sie wieder unter „Wir beiden machen es uns unterm Dach gemütlich. Einen Aufzug wird das Haus ja haben. Jede hat ihr eigenes Zimmer, und dazu ein gemeinsames Wohnzimmer und eine große Dachterrasse und wenn es uns mal schlecht geht, sind wir ja gleich in den besten Händen". Hildes sonst eher blasses Gesicht ist gerötet vor Aufregung.

Elisa sieht Hilde zärtlich an und weiß tief in ihrem Inneren, dass ihre liebe Hilde dort oben ohne sie wohnen wird.

Kapitel XXIV

Die nächsten Tage verbringen die Freundinnen mit Pläne schmieden. Hilde führt viele Telefonate und abends sitzen sie oft noch lange auf der blauen Bank vorm Haus, zwei alte Frauen die Großes vorhaben.

Auch heute sind sie draußen und beobachten die vielen Glühwürmchen, die wie kleine Lichtpunkte die Dunkelheit der Nacht erhellen.

„So viele Glühwürmchen habe ich das letzte Mal in meiner Kindheit gesehen, wie zauberhaft!" Elisa greift nach Hildes Hand. „Ich komme mir gerade vor wie im Märchen: die warme Sommernacht mit ihrem Blütenduft, ein zarter Wind, der über die Haut streichelt, die Zikaden die überall in den Bäumen sitzen. Ich bin dir so dankbar Hilde, dass du es mir ermöglicht hast, all das zu erleben".

„Du kannst immer so gut deine Gefühle ausdrücken, Elisa. Mir fällt es schwer zu sagen, was in mir vorgeht, aber ich finde es hier auch so wunderbar, und ich bin dir dankbar, dass ich mich durch dich wieder lebendig fühle und tatsächlich hier in Frankreich sitze und Glühwürmchen mit einem so lieben Menschen beobachte.

„Ich bin eben ein Bauchbewohner!" Lachend tätschelt Elisa Hildes Hand und zwinkert ihr zu. „Weißt du was, lass uns morgen Abend ein kleines Fest feiern, lass uns feiern, dass wir uns gefunden haben und dass wir so schöne Stunden miteinander erleben dürfen, denn das ist ein großes Geschenk, finde ich".

„Ja, es ist wirklich ein großes Geschenk und es ist eine gute Idee, das machen wir".

Hilde ist immer schon ein ruhiger und zurückhaltender Mensch gewesen, der sich bis zum Tod ihres Mannes immer unter Kontrolle hatte. Sie war streng mit sich, hat nie geraucht und bis auf ein Schlückchen Sekt an den Geburtstagen und zu Weihnachten keinen Alkohol getrunken.

Elisa hat einen Plan. Es soll ja ein Fest werden, und bei einem Fest kann es auch mal etwas ausgelassener sein. Wir sind beide über 80, denkt sie, und wie heißt es so schön, so jung kommen wir nicht mehr zusammen. Sie weiß nun, wie sie ihre Hilde aus der Reserve locken kann, durch Alkohol wird es nicht gehen.

Elisa steht am nächsten Tag in der Küche und sieht zu Hilde hinüber. „Hilde, leg dich doch noch etwas hin". Es ist Mittagszeit, und Hilde sitzt im großen Ohrensessel am Fenster. „Ich möchte für heute Abend etwas Besonderes vorbereiten und du störst mich hier, es soll eine Überraschung werden".

Hilde blickt von ihrem Buch auf „Eine Überraschung für heute Abend, das ist ja was. Aber gut, wenn das so ist, lege ich mich etwas auf mein Bett, ich bin nach dem guten Mittagessen sowieso etwas schläfrig".

Der Chauffeur hat alles besorgt, was Elisa ihm auf die Liste geschrieben hat. Verschiedene Käsesorten, Weintrauben, Kräuterbaguette, etwas Quiche Lorraine, getrockneten Schinken, frische Oliven, Tomaten, sowie Mehl, Zitronen und Vanillezucker. Sie macht sich an die Arbeit. Das Rezept hat sie im Kopf. Das hat ihr doch tatsächlich der nette Arzt aus dem Heim verraten. Wenn sie darüber nachdenkt, muss sie schmunzeln.

Sie bereitet den Mürbeteig vor und holt aus ihrem Zimmer eine kleine Dose mit einem Kraut, von dem sie einen Teil nimmt und mit einem Mörser zerstampft. Dann gibt sie die zerdrückte Masse in den Teig und knetet ihn gut durch.

„So etwas von aufregend, jetzt stehe ich hier in einer Küche in Frankreich und backe Kekse, die glücklich machen" murmelt Elisa leise vor sich hin.

Kapitel XXV

Es ist Abend geworden und Elisa bringt mit Hilde alle Leckereien hinaus in den Garten. Einen alten etwas wackeligen Tisch, der hinter der Steinmauer stand, haben sie vor die Bank gestellt. Mit all den vielen Kerzen und Lavendelblüten, die Elisa liebevoll, wie Kränze, um die Teller gelegt hat, sieht er festlich und einladend aus.

„Prost liebe Hilde, du trinkst keinen Wein und ich darf nicht wegen der starken Medikamente, also Prost mit wunderbarem Kirschsaft auf uns, unsere Freundschaft und unser Projekt", „Ja, auf unser Projekt und unsere besondere Freundschaft". Hilde stößt mit ihrem Glas vorsichtig gegen Elisas. „Auf dass wir noch lange zusammen sein werden" „Ja, wir werden zusammen sein, liebe Hilde, unsere Herzen werden für immer miteinander verbunden sein", Elisa sieht Hilde an, die sie glücklich anstrahlt.

Die Stunden vergehen, und Hilde lehnt sich zurück an die noch immer von der Sonne leicht erwärmte Steinmauer. „So ein wunderschöner Abend, das Essen war köstlich, die laue Luft, einfach herrlich. Ich bin ein wenig müde geworden, wollen wir uns schlafen legen?"

„Aber nein Hilde, nein, nein, der Abend ist doch noch jung. Du weißt ja, dass ich noch eine Überraschung habe. Elisa steht auf, geht in die Küche und ruft: „Du sagtest heute Nachmittag ja schon, dass es so besonders duftet, was es wohl sei. Voila!" Elisa kommt wieder heraus und trägt ein kleines, rundes Tablett mit knusprigen Keksen und stellt es vor Hilde auf den Tisch. „Das ist meine Überraschung, das sind Glückskekse". „Oh, Glückskekse, hab ich noch nie gehört, sie sehen sehr lecker aus, das ist aber lieb von dir". Sie greift nach einem und beißt ein Stückchen ab

„Hm, ganz besonders köstlich Elisa, so ganz eigen im Geschmack, aber gut, sehr gut sogar", und steckt sich den restlichen Keks in den Mund. Elisa lacht und nimmt sich auch einen. „Aber Hilde, von diesen Glückskeksen sollte man nicht zu viele essen, für jeden drei, und die sollten wir langsam essen und genießen". Dabei wischt sie sich einige Krümel vom Mund.

Das Tablett steht leer auf dem Tisch. Elisa hat mittlerweile ihren Dutt geöffnet. Trotz ihres hohen Alters sind ihre Haare gesund und kräftig und fallen weich über ihre Schultern.

Sie klopft mit ihrer Krücke im Takt auf den Tisch zu sämtlichen Volksliedern und Chansons die den beiden einfallen. Hilde steht vor ihr und schmettert: „Nur nicht aus Liebe weinen, es gibt auf Erden nicht nur den Einen, es gibt so viele auf dieser Welt, ich liebe jeden der mir gefällt". Dabei dreht sie sich um den Tisch herum und fuchtelt mit ihren Armen durch die Luft.

„Liebe Elisa, liebe Elisa, ich fühle mich so gut, so leicht wie ein Vogel. Mit ausgebreiteten Armen geht sie durch den Garten, „So leicht wie ein Vogel", und lacht dabei und kann gar nicht mehr aufhören. „Psst Hilde, sei mal still "Elisa ist aufgestanden und geht langsam zu einem Olivenbaum. Hilde hält inne und sieht Elisa an. „Was ist denn?" „Hör doch mal!" Elisa steht jetzt nah am Baum und legt ein Ohr an seinen Stamm. „Hör doch bloß mal, was für eine wundervolle Musik, eine himmlische Musik, dieser Klang!" Hilde steht an der anderen Seite und legt ihr Ohr an die Rinde. „Ich höre nichts", und lacht albern vor sich hin. Doch ich höre was, ich höre die Zikaden, Elisa du bist so lustig, das sind doch Zikaden und keine himmlische Musik, du bist echt komisch". Hilde hält sich den Bauch vor Lachen „Ich kann nicht mehr, mir tut schon alles weh". Hilde lässt sich auf die Bank fallen und ihr Lachen geht in ein leises Summen über. Elisa steht noch immer am Olivenbaum und hört ganz verzückt in die Rinde hinein. „Ach Hilde, ich fühle mich so entspannt, ich spüre zum ersten Mal keinen Schmerz mehr, alles ist so weit und frei, als wenn ich getragen würde".

Elisa humpelt zurück, setzt sich neben Hilde und umarmt sie „Was haben wir für einen schönen Abend, wir zwei!" „Ja du Liebe, wir haben einen fantastischen Abend, aber weißt du was, ich habe jetzt Hunger, einen Mordshunger" „Ich auch, Hilde"

Mit großem Appetit essen sie die restlichen Speisen und fühlen sich plötzlich so müde, dass sie es gerade noch in ihre Betten schaffen und sofort tief einschlafen.

Kapitel XXVI

Schon vor dem Fest ging es Elisa nicht gut, sie wollte es sich nicht anmerken lassen und nimmt die Schmerzmittel in immer höherer Dosierung.

Sie hat keine Angst vor dem Tod. Zeit ihres Lebens machte sie sich Gedanken um den Tod und das Sterben, nicht schwermütig, sondern interessiert und neugierig. Wenn sie als Kind daran dachte, und das tat sie sehr oft, kam nach dem Tod für sie nur Dunkelheit, eine ewige Dunkelheit. Das verstand sie nicht und wusste doch, dass es nicht stimmen kann und sie konnte mit keinem darüber sprechen.

Das Thema hat sie weiter begleitet und mit all ihren Erlebnissen, Erfahrungen und Begegnungen wandelte sich die Dunkelheit des Todes. Oft hat sich Elisa überlegt, warum in den Büchern der Tod immer grausam dargestellt wird. Ein Knochenmann mit einer Sense in der Hand und furchteinflößendem Gesicht.

Vor vielen Jahren hatte sie einen Traum, der Tod ging plötzlich auf der Straße neben ihr her und sagte: „Elisa, die Menschen haben große Angst vor mir, doch sie missverstehen mich", und schaute sie dabei so liebevoll an, dass Elisa dieses Gefühl nie mehr vergessen hat.

Für sie ist er der Hüter der Schwelle. Er hält eine Sanduhr in der Hand, und immer wenn wir uns vom Diesseits ins Jenseits begeben, wenn wir sterben, gibt es eine enge Stelle, durch die wir hindurch müssen.

Doch wie bei der Geburt so auch im Sterben, öffnet sich die Enge, und wir werden vom Licht empfangen und von liebevollen Wesen willkommen geheißen, dessen ist sich Elisa ganz sicher.

Es ist ein schwüler Nachmittag. Hilde sitzt an Elisas Bett und schaut sie besorgt an „Sind die Schmerzen sehr stark?" „Ja, heute gehen sie mir durch Mark und Bein" Elisa liegt in ihrem Bett und versucht sich aufzurichten. „Hast du deine Tabletten genommen?" „Das habe ich, aber sie wirken kaum noch". Sie legt sich wieder zurück und schaut Hilde an.

„Ich bringe dich jetzt ins Krankenhaus in die Stadt, da bekommst du alles was du brauchst, ich fühle mich völlig hilflos und dich so zu sehen macht mich unendlich traurig". Hilde nimmt Elisas Hand und küsst sie.

„Nein Hilde, ich gehe in kein Krankenhaus, bestimmt nicht, ganz bestimmt nicht, jetzt nicht und später auch nicht". Trotz ihrer Schmerzen ist Elisas Stimme kräftig und bestimmt. „Hole bitte den Doktor aus dem Dorf, er kann mir eine Spritze geben, sie wird mir helfen".

In den folgenden Wochen kommt der Arzt jeden zweiten Tag, gibt Elisa eine Spitze und Medikamente die ihr helfen sich besser zu fühlen.

Kapitel XXVII

Es ist Mitte August und die meisten der Lavendelfelder sind abgeerntet. An den Feldrändern stehen noch einige Pflanzen und man sieht, dass sich das Lila der Blüten an den Spitzen in ein Silbergrau verfärbt hat. Doch in der Abendsonne ist es immer noch ein schöner, aber auch wehmütiger Anblick, die abgeernteten Felder bis zum Horizont zu betrachten.

Für Elisa sind Spaziergänge kaum noch möglich. Langsam, und bei Hilde untergehakt gehen sie vom Auto den kurzen Weg zur Bank, und mit einigen Kissen gepolstert sitzen sie oft schweigend nebeneinander und genießen die abendliche Stimmung. Elisa fühlt sich schwach und müde, aber dieses Beieinander macht sie sehr glücklich.

„Jetzt bin ich doch wirklich froh, dass du von deinen alten Campingstühlen Abschied genommen hast" Hilde lacht und rollt dabei mit den Augen.

„Ja, immer muss irgendwann Abschied genommen werden, wenn etwas nicht mehr geht". Elisa sieht in Hildes Gesicht, das plötzlich ganz ernst wird. Hilde antwortet zögernd. „Ich habe große Angst vor dem Tod, für mich ist er endgültig und erschreckend, viele sprechen davon, dass etwas danach kommt, für mich gibt es kein danach, da ist nichts für mich, nur Leere. Und wenn ich daran denke, dich loszulassen und Abschied zu nehmen, bricht es mir das Herz". Mit einem Taschentuch wischt sie sich die Tränen vom Gesicht. „Ich möchte dir gerne etwas erzählen, was ich noch nie jemandem erzählt habe". Elisa legt sich ein weiteres Kissen in den Rücken und rutscht nah an Hilde heran.

„Als ich damals operiert wurde, kam es während der Operation zum Herzstillstand. Ich merkte, dass ich nach oben stieg, wo zwei Männer auf mich warteten. Sie strahlten eine große Güte aus. Es war ganz komisch, irgendwie war es völlig dunkel und doch konnte ich alles sehen. Die beiden Wesen haben mich in die Mitte genommen und geleiteten mich einen gewundenen Pfad entlang. Er war genau so breit, dass wir gut zu dritt nebeneinander hergehen konnten. Auf der einen Seite des Pfades begleitete uns so eine Art Leinwand und auf dieser Leinwand liefen Szenen meines Lebens. Wir betrachteten sie ganz nüchtern und gingen weiter den Pfad entlang. Das eine Wesen sagte: „Gleich musst du den Weg alleine weiter gehen". Ich verstand nicht was er meinte, und wir gingen weiter. In einiger Entfernung sah ich auf der linken Seite des Weges ein Licht, es faszinierte mich und ich musste dort hin. Je näher wir zu dem Licht kamen, umso breiter wurde der Weg. Als er endete wurde daraus eine Straße aus Edelsteinen, die aber sehr weich aussah.

Dann sah ich dieses Licht. So etwas hatte ich noch nie vorher gesehen. Hier hätte ich immer und ewig stehen bleiben können. So ein Licht gibt es nicht auf Erden, ich kann es auch nicht beschreiben oder erklären. Ich wollte dort stehen bleiben, und vor allem wollte ich das Licht anfassen. Doch dann geschah etwas Unerwartetes. Das eine Wesen stellte sich vor mich und begann zu wachsen, es wuchs und wuchs, wurde riesig groß. Ungefähr so hoch, rein gefühlsmäßig, wie ein Hochhaus ich dagegen klein wie eine Ameise. Je mehr es wuchs, umso mehr versperrte es meinen Blick zum Licht. Ganz zum Abschluss des Wachsens kamen riesige Flügel zum Vorschein, und damit war vom Licht nichts mehr zu sehen. Einzig zwischen Flügelansatz und Körper gab es eine circa handtellergroße Stelle wo das Licht noch durchschien.

Auch wenn es jetzt völlig unlogisch klingt, ich war ja so klein und er so groß, konnte ich durch die kleine Öffnung das Licht sehen und dachte bei mir, das reicht mir auch schon, Hauptsache ich sehe es überhaupt noch, damit bin ich auch glücklich. Der große Engel drehte sich nun ein wenig und die letzte Lichtquelle war verdeckt. Ich wollte zu diesem Licht, ich wollte es wiedersehen und so versuchte ich rechts an ihm vorbeizukommen. Das andere Wesen wuchs nun auch und ich konnte nicht mehr vorbei. Ich war sehr traurig und wollte ihn wegschieben. Er war nicht böse deshalb. Er sagte mir wieder, dass ich nun alleine weiter gehen müsse und zeigte mir ausladend mit seinem Arm den Weg, der sich nach rechts schlängelte. Ich war entmutigt und tief traurig, so traurig, wie ich es noch niemals gewesen bin. Ich wollte wieder zu dem Licht, irgendwie musste ich es versuchen. Rechts war eine Bergwand, hier ging der Weg entlang und machte dann eine Kurve. Ich hatte eine Idee, ich ging los und stellte mich in den Schatten des Berges und wartete, bis der große Engel vom Lichteingang wegging.

Wo ich stand, war es bitter kalt, ich drohte zu erfrieren, hier konnte ich nicht bleiben. Traurig machte ich mich wieder auf den Weg. Dann kam der andere, der kleinere Engel und sagte sehr gütig zu mir: „Ich habe dir doch gesagt, dass du den Weg alleine gehen musst, geh jetzt!" Ich war völlig verzweifelt. Dann legte er seinen Arm um mich und sagte, dass er mir etwas zeigen möchte. Er brachte mich zu einer Straße, die, wie in einem Bazar, viele Läden hatte. Ich wollte höflich sein, aber eigentlich interessierte mich das alles überhaupt nicht, ich wollte nur wieder das Licht sehen. Er zeigte mir all die Geschäfte mit einem „schau wie schön das ist" und „schau hier, wie wunderbar". Es waren zukünftige Szenen meines Lebens. Ich beeilte mich, mir alles anzusehen, aber ich hatte ja nur eines im Sinn: wieder zurück zum Licht. Das Wesen sagte noch einmal: „Du weißt, dass du den Weg jetzt gehen musst, deinen Weg". Es war mir im Prinzip alles egal, was er sagte, mit schnellen Schritten ging ich los und freute mich auf die Stelle, wo der Weg am Berg eine Kurve machte und ich dann hoffentlich wieder das Licht sehen konnte.

„Bitte, Hilde, kannst du mir einen Schluck Wasser einschenken, ich habe vom Erzählen einen ganz trockenen Mund". Elisa trinkt langsam einige Schlucke. „Es fällt mir schwer, so viel zu sprechen, aber es ist mir sehr wichtig, dir dies alles zu sagen". Elisa versucht, sich gerader hinzusetzen und stellt das Glas neben sich auf die Bank.

„Also, kurz vor der Stelle wo der Weg am Berg eine Kurve machte, wachte ich auf und schaute in die dunklen Augen eines Arztes. Ich hörte die Narkoseärztin sagen: „Ich glaube, wir haben sie wieder". Ich war so wütend, dass ich den Arzt anschrie: „Was willst du denn hier, geh weg, ich habe jetzt keine Zeit!" Der Arzt saß die ganze Nacht an meinem Bett und sagte mir lachend am nächsten Morgen: „Ich kann ihnen immer noch nicht das Licht besorgen". Scheinbar - und daran kann ich mich nicht mehr erinnern - habe ich die ganze Nacht immer nur gesagt: „Bring mir mein Licht wieder, bring mir mein Licht wieder".

Nachdem Elisa geendet hat, sagt Hilde lange Zeit nichts. Sie hält ihre Hand und streichelt sie. „Ich weiß gar nicht, was ich sagen soll, das was du mir gerade erzählt hast, ist so, ich weiß nicht wie ich es ausdrücken soll, es ist so" Hilde zögert, „ungewöhnlich und neu für mich. Du sagst, dass es dort, also nach dem Tod, ein Licht gibt, dass scheinbar so schön ist, dass du nicht mehr zurück ins Leben wolltest?"„ Ja, Hilde, und dieses Licht ist nicht zu beschreiben, ich weiß nur, dass ich mich darauf freue es wiederzusehen, es ist für mich so voller Wärme und Geborgenheit. Als ich es sah, fühlte ich nur noch Frieden, und alles war gut".

Hilde weint und sie versucht nicht mehr, die Tränen zu unterdrücken „Wenn es so ist, Elisa, wäre es hoffnungsvoll und ein großer Trost für mich. Zeit meines Lebens konnte ich das Thema Sterben und Tod verdrängen, bis zum Tod meines Mannes. Seit der Zeit bricht alles auf, und ich weiß, dass auch meine Lebenszeit enden wird, und bei dem Gedanken daran überfällt mich eine Dunkelheit und Furcht, die ich kaum aushalten kann. Das, was du mir gerade erzählt hast, muss ich erst einmal verarbeiten, es ist so neu für mich. Aber meine Vorstellung von der Leere danach wird sich verändern, du hast mir damit Licht in meine Dunkelheit gebracht. Ich bin dir so dankbar, dass du es mir erzählt hast, Danke Elisa".

Elisa schaut Hilde an „Weißt du, wenn wir lieben und dann voneinander Abschied nehmen müssen, ist es das Schwerste, was es gibt auf Erden. Doch der Mensch dessen Zeit gekommen ist, wird vom Hüter bis zur Schwelle geleitet, um dann von liebevollen Wesen zum Licht geführt zu werden. Es wäre ein Trost für die Menschen, die zurückbleiben, zu wissen, dass der geliebte Mensch, den sie loslassen mussten, nicht alleine ist. Er wird vom Tod zur Schwelle begleitet, dort wird er willkommen geheißen und aufgenommen in eine andere Welt, eine Welt voller Licht und Geborgenheit. Und nach wie vor verbindet die Liebe das Diesseits mit dem Jenseits und man ist miteinander verbunden, über den Tod hinaus".

So sitzen sie an diesem warmen Spätsommerabend in der Provence auf einer Bank an den Lavendelfeldern und fühlen sich einander nahe. Beide spüren das Band, das sie voller Liebe umschließt.

Kapitel XXVIII

„Hilde, kannst du mir bitte etwas von unserem köstlichen roten französischen Landwein bringen". „Aber natürlich", Hilde geht in die Küche und kommt mit einem Tablett, auf dem zwei Gläser und eine Karaffe stehen, wieder zurück in den Garten.

Das Wetter an diesen letzten Augusttagen ist schön, nicht mehr so drückend heiß, sondern angenehm warm, so dass man sich auch in der Mittagszeit im Halbschatten der Olivenbäume aufhalten kann.

Hilde hat für Elisa eine Art Gartenbett gebaut. Ihr Chauffeur ist in die nahegelegene Stadt gefahren und hat eine leichte weiche Matratze besorgt, die jetzt auf einer alten Holzliege ausgerollt ist. Elisa - halb sitzend, halb liegend - mit vielen Kissen und Decken fühlt sich darauf fast wie eine Prinzessin.

Hilde stellt das Tablett auf einem kleinen Mosaiktisch neben der Liege ab und gießt die Gläser voll „Prost Kirschsaft" „Ja, prost Kirschsaft du besonders süffiger Jahrgang". Lachend stoßen sie an, und Elisa schaut glücklich zu Hilde herüber. Diese sitzt im Gartensessel und hat ihre Füße gemütlich mit auf Elisas Liege gelegt. „So kann man es sich gefallen lassen" Elisa stellt das Glas zur Seite und versucht, sich zu strecken.

Die letzten Tage waren gute Tage, sie hatte kaum Schmerzen und die Medikamente wirkten. Doch sie ist schnell erschöpft und schläft viel, aber wenn sie wach ist genießt sie das Zusammensein mit ihrer Hilde.

Hilde hat in der letzten Zeit viel organisiert, Termine vereinbart und alles vorbereitet, damit der Umbau der Villa schnellstmöglich beginnen kann. Obwohl die Freundinnen wissen, dass Elisas Lebensuhr bald abläuft, planen sie jeden Tag ihre Villa Lavendula.

„Und Hilde, meine lieben vier Mitbewohner im Heim sollen auch mit in der Villa Lavendula leben. Hildegard und Horst bekommen jeder ein schönes helles Zimmer, und Gretel und Thomas ein großes, gemeinsames Zimmer, damit sie Tag und Nacht zusammen sein können. Ach, und für Horst bauen wir einen Bahnsteig im Garten. Er möchte ja immer fort und frei sein, dann kann er sich jeden Tag dort auf eine Bank setzen und davon träumen weit wegzufahren". Elisa lächelt bei dem Gedanken und freut sich über diese gute Idee.

Auch ihre Dachgeschoss-Wohnung wird geplant. Neben der Dachterrasse die beide gerne hätten, wünscht sich Elisa ein großes bodentiefes Fenster in Richtung Südwesten, wovor ein dunkelblaues Sofa stehen soll. „Es wird das „BlaueStundeSofa" sein", sagt Elisa, und ihre Augen leuchten in ihrem blassen Gesicht." „Und ich möchte in jedem Fall ein geräumiges Wohnzimmer haben, in dem ich genug Platz habe, um mit mir selber Walzer zu tanzen". Hilde wiegt ihren Oberkörper und summt dazu den Kaiserwalzer.

„Ja, Elisa, das werden wir alles machen, gut dass ich durch meinen verstorbenen Mann so viele Verbindungen habe, die uns helfen, zügig all unsere Pläne zu verwirklichen". Hilde hat ihre Beine von der Liege genommen und geht langsam durch den verwilderten Garten.

„Unsere Abreise ist in vier Tagen. Viele Wochen haben wir in diesem kleinen Steinhäuschen mit seiner blauen Bank vorm Fenster verbracht". Hilde streichelt über die Lehne der Bank.

„Und was hat der Garten mit uns so alles erlebt, er hat unseren Gesprächen gelauscht, er hat zwei alte Weiber erlebt, die Musik in der Rinde des Olivenbaums hörten und um den Tisch tanzten". Elisa lacht, „Ja, ja, der arme Garten, was er alles aushalten musste". Sie erhebt sich mühsam von ihrer Liege, geht zu Hilde und umarmt sie. „Wir haben die Lavendelblüte von ihrem Erblühen bis hin zu ihrem Verblühen erlebt, eine Zeit, wie ein wunderbares Geschenk".

Zum Abendessen knabbert Elisa an einem kleinen Stück Baguette mit etwas Käse. „Ich habe überhaupt keinen Appetit, ich lege mich jetzt schlafen, ich bin so müde und erschöpft von diesem schönen Tag. Dein geniales Gartenbett für mich ist wunderbar, aber ein richtiges Bett für meine alten Knochen ist dann doch bequemer". Elisa tätschelt Hildes Wange. „Du meine liebe, liebe Hilde", und schaut sie liebevoll an.

Normalerweise schließt Elisa, wenn sie in ihr Zimmer geht, über Nacht die Türe zum Garten, doch heute lässt sie sie weit offen.

Schon gleich nach ihrer Ankunft hatte sie zusammen mit Hilde ihr Bett so hingeschoben, dass man durch die Gartentüre hinaus auf das Grundstück schauen kann.

Elisa hat die Augen geschlossen, aber sie kann nicht schlafen. Die frische Nachtluft, die durch die weit geöffnete Tür hereinströmt, gleitet wie eine zarte Brise durchs Zimmer. Elisa fühlt sich glücklich und voller Frieden, es gibt nichts was nicht gut ist. Sie öffnet die Augen und sieht in den dunklen Garten. Die Olivenbäume stehen schemenhaft vor dem nachtblauen Himmel. Und so viele Glühwürmchen in dieser Nacht, überall ihre flackernden kleinen gelben Lichter. Doch eines der Lichtpunkte ist anders, es ist ruhig und strahlend hell.

Elisa sieht nur noch dieses Licht, sie folgt ihm durch die Dunkelheit immer weiter und weiter, und das Licht wird größer und heller, und unter ihren Füßen ist ein Weg, auf dem Edelsteine glänzen, und der Hüter bringt sie bis zur Schwelle, und alles wird hell, weit und licht, und sie wird voller Liebe empfangen in der Welt neben der Welt.

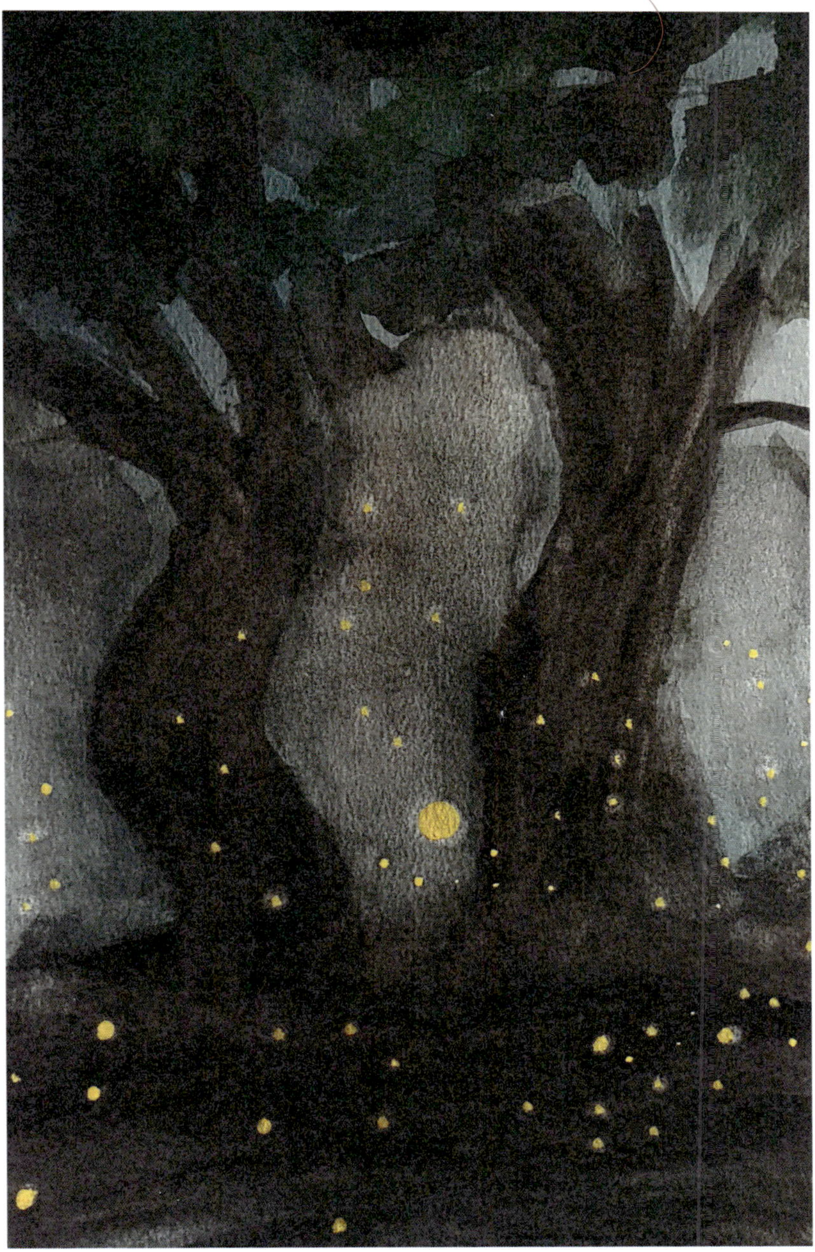

Epilog

Alles ist so geworden wie Elisa es sich gewünscht hat. Hildes alte Villa ist nicht wiederzuerkennen. Ein großes sonnengelbes Haus mit vielen versetzten Etagen, Balkonen und einem weitläufigen parkähnlichen Garten. Über dem Eingang liest man in lilafarbener Schrift „Villa Lavendula".

Hilde sitzt, wie jeden Abend, auf dem dunkelblauen Sofa in ihrer Dachwohnung, schaut aus dem großen bodentiefen Fenster und erwartet die blaue Stunde. Es war ein sonniger Tag und viele Bewohner haben sich im Garten aufgehalten. Horst, der auch ihr ans Herz gewachsen ist, sitzt jeden Nachmittag, egal bei welchem Wetter, an seinem Bahnsteig mit einem kleinen Koffer auf dem Schoß und wartet auf seine Abreise.

Die Sonne geht unter und sie verabschiedet sich mit einer rotpurpurnen Farbpracht. Das Blaue-Stunde-Sofa, das sich Elisa wünschte, ist Hildes Lieblingsplatz geworden. Auf einem kleinen Beistelltisch neben dem Sofa steht Elisas blauer Flakon mit Lavendelöl.

Hilde schaut in den dunkler werdenden Himmel und sagt leise „Du warst mein Engel, mein Licht in der Dunkelheit" und spürt Elisa ganz nah bei sich.

83